2018人의 글, 어록, 강연, 토크集

분야별로 글, 어록, 강연, 토크

1. 강연 : 강연 100도씨(KBS1 TV 외)
2. 강의 : • 황금강의(경제세미나 외 — KBS R)
   • 오늘 만나다 미래를(명견만리 외 — KBS1 TV 외)
3. 토크 : • 낭만논객(TV 조선)   • 예술을 만나다(SBS TV)
   • OH MY GOD(TVN)   • 한국 한국인(KBS1 TV)
   • 힘(SBS TV)   • 시사(방송)/JTBC, TV조선 등등…
4. 역사저널 : 그날(KBS1 TV, 정도전어록 등등…)
5. 국내외 명언, 좋은 글
6. 교수, 정치인, 법조인
7. 전문가 어록 : 역대 대통령, 경영인, 의사, 심리
8. 문예 : 문학, 인문학, ME & ETC(세월호 추모시 외)
9. 종교 : 가톨릭, 기독교, 불교 외, OH MY GOD 등등
10. 교양 : SPORTS, 여행, 연예, 유머 등등

※ 해외명언은 해외 유명인(철학, 문학, 예술 등등)
  본문의 듣고 보고 모은 글은 90% 정도가 현재 활동하면서 강의, 기고, 대담, 강연,
  신문(잡지), 전문지 등에서 모은 이야기. 단, 해외명언은 세상을 뜬 분이 많다.
  분야별로 겹치는 인명도 일부 있다.(5% 내외)
  해외명언에서 짧은 명언은 기록하고 인물에선 제외했다.

글, 어록, 강연, 토크는…

· 글 : 어떤 일이나 생각을 문자로 나타낸 기록
· 어록 : 위인이나 유명한 사람의 말을 간추려 모은 기록
· 강연 : 특별한 주제를 가지고 많은 사람을 대상으로 하는 강의
· 토크(TALK) : 말하다, 대화하다, 회담, 의견듣다

세대공감 희망시리즈 ❷

2018∧ 굴어록 강연토크 集

Collector. **Pyeong Chang.** Park

대양미디어

2018人 글, 어록, 강연, 토크集 내면서!

수년 전, 영국의 한 시인 이야기를 보고 유명 시 100선하여 시중에 선보이니 큰 반응 일으킨 기사!

그래서 글, 어록, 강연, 토크를 모아보자 마음먹고, 라디오, TV, 신문 등 듣고, 보고, 읽은 글 모으기 시작했다.

2년여 동안 1,000여명의 글, 어록, 강연, 토크를 분야별로, 직업군으로, 장르별로 나누고 분류하다가 2018년 평창올림픽과 연관시켜 보고 픈 마음이 생겼다. 평창은 내 이름 영문표기 'PYEONG CHANG' 과 같고, 나의 블로그 NICKNAME은 '아리랑과 함께' 이다.

이래저래 나와 평창 동계올림픽과는 인연이 많아져 화젯거리로 삼았다.

내가 블로그 개설한지 10여년에 다녀간 블로거만도 68,700여명 넘었다.

2013년 5월부터 글, 토크 모으기 시작한지 4년여 2017년 11월 1일 마감한 2018명의 글, 어록, 강연 주인공은 쓰고, 이야기 하고, 강연한 2018인이다.

다시 주위 도움으로 '시리즈 2' 발간하게 되어 더욱 반갑습니다.

추천해 주시고 힘과 용기를 주신 정의화 전 국회의장님, 명진 스님, 김정록 전 한국장애인협회 회장님, 박영선 국회의원님, 박재동 화백님 귀한 시간 할애하여 주시어 경의 표합니다.

주위 챙기며 꿈과 희망을 함께하는 지현경 명예철학박사님과 출판을 도와주신 대양 미디어 서영애 대표님 고마움 잊지 않겠습니다.

격려해 주시고 항상 배려해 주시는 나경렬 회장님, 김양흠 회장님, 조명인 작가님, 김춘식 회장, 강상수 仁兄, 차근평 朋友, 이일란 건축사, 힘을 주시는 지인들에게 고마움 드리고 그 은혜에 감사드립니다.

지난 45년여, 나를 성원하며 희생하고 지켜준 아내 이오순 님, 우리 가족에게 사랑하고, 미안하고, 존경하고, 감사함 마음에 새기며 나로 인해 생활하며 상처입은 모든 분께 정중히 용서 구합니다.

앞으로 이 어록집이 '시리즈 4, 8, 12' 까지 출간되길 기대하면서 단한 줄이라도 마음에 새기시면 저는 만족하겠습니다.

2019년 4월 WB day

隣山 글방에서, **박병창**

정치는 현실이고 미래다

전) 국회의장 정 의 화

지난 국회에서 김정록 의원을 만난 것을 큰 인연으로 함께 해 오던 차 글, 어록, 강연, 토크集을 선물 받았다.

우선 200여 명의 전·현직 정치인, 교수의 면면을 보니 얼굴이 눈에 보이듯 정리가 되어 있다.

내가 바라던 정치는, 안 된다고 말고 되게 하려고 UP GRADE시키려 노력하여 의정활동을 한 단계 올리려 노력한 것이며 대한민국을 건강하게 만들고 영·호남 교류 화합하는 것이 나의 정치 목적이었고 생산적 국회 즉 국민을 두려워해야지 권력을 두려워하면 안 된다고 국민의 편에서 이야기한 것들, 앞으로도 이렇게 해 주었으면 하는 바람을 여기에 남기며 정치인들에게 다시 한 번 부탁하고 싶다.

이 책에는 과거, 현재, 미래가 있다.

과거인 K TV 역사저널 그날이며, 현재인 K TV 한국 한국인, 강연 백도씨이며 미래는 오늘 만나다, 미래를(명견만리)이다. 황금강의 K R의 경제 세미나는 우리의 미래인 것이다.

작금의 어수선한 시기에 꼭 권하고 싶은 내용이 모아져 있어 미래의 힘이 되어주길 바란다.

모아온 글, 어록, 강연, 토크集을 펴낸 작가에게 경의를 표한다.

2019년 4월 21일

"고통에 함께함이 종교다"

명진 스님

2013년부터 5년여를 모은 隣山 선생님
『2018인의 글, 어록, 강연, 토크集』은 발상 자체가 흥미롭다.
정치와 경제, 문학과 예술, 방송과 스포츠 등 다룬 분야도 다채롭다.
종교에 대한 이야기도 담겨 있다.

隣山 선생은 단지불회 법회에서 몇 차례 뵌 적이 있다. 그런데 수많은 글을 읽고 좋은 이야기가 있는 곳이면 인연 닿는 대로 발걸음을 옮기는데 주저함 없는 모습 보니 지나친 기우는 필요 없을 듯하다.

이 모음집에서는 종교에 대해 다루면서 단지불회 법회에서 이야기된 내용들도 담겨있다.
정혜신 박사와 이명수 부부가 주도해서 만든 세월호 다큐 '친구들'을 본 뒤 우리시대의 고통에 대해 좌담한 내용이 그것이다. 그날 법문

9

에서 "고통에 함께 함이 종교다"라고 얘기했다.

세월호 사건이 일어난 직후 한국을 방문하신 프란치스코 교황님도 "고통 앞에 중립은 없다"고 말씀하셨다.

종교란 것이 별것 아니다. 바로 우리 곁의 이웃에 대해 연민하고 같이 아파하면서 함께 할 수 있는 것을 함께 해나가는 것이 종교다.

이명박 정부시절 용산 참사가 났을 때 몇 차례 현장을 방문한 적이 있다. 그때마다 문정현 신부님께서는 늘 거기 계셨다.

신부님은 "나야 뭐 하는 게 있소, 이 사람들이 있어 달라면 함께 있어주는 거지" 그 말씀을 듣고 등골이 서늘하게 부끄러웠다.

"고통에 함께 함이 종교다"

우리시대를 어떤 이는 '피로사회'라 하고 또 어떤 이는 '분노사회'라 하고 해외의 아는 석학은 '위험사회'라고 한다.

모두가 우리 인간이 놓여있는 처지가 딱하다는 의미일 것이다.

삶이 왜 이렇게 위태롭고 고통으로 가득할까? 종교는 이것을 물으면서 함께 고민하는 것이다. 머리로서가 아니라 가슴으로 말이다.

동물들도 이미 아는지 남극의 펭귄들은 영하 수십 도의 맨찬바람이 불어오면 함께 모여 '허틀링'을 한다.

앞에선 펭귄들이 바람을 막아주면 뒤에 선 펭귄들이 그 사이에 좀 몸을 데우는 것이다. 그러고 나면 바람을 맞던 앞자리의 펭귄은 뒤로 가고 몸을 좀 녹인 펭귄은 앞으로 나와 먼저 고생한 펭귄들을 뒤에 세워 쉬게 해주는 것이다. 이렇게 하기 때문에 남극의 그 엄청난 추위도 견딜 수 있다는 이야기다.

펭귄의 이야기처럼 사는 게 힘들고 어려울 때일수록 함께 함이 중요하다.

춥고 힘들 때 혼자 떨어져 있는 것보다 모여 있어야 덜 춥다. 육체적으로 그러하겠지만 같이 있으면 마음이 덜 춥기 때문에 더욱 그럴 것이다. 삶은 날씨처럼 좋을 때도 있고 나쁠 때도 있다.

날이 좋건 나쁘건 함께 하는 이들이 있다면 좀 견디기 수월하지 않겠는가. 이 모음집을 읽는 분들 마음속에 그런 생각들이 널리 널리 퍼져 나갔으면 하는 바람을 가져본다.

불기 2562년 4월 초

꿈있는 사람이 꿈을 이룰 수 있다

전국장애인기능협회 회장
전) 국 회 의 원 김 정 록

어쩌다 불쑥 만난 사람
특별한 인연으로 이어지는 사람… 隣山 선생님
만나면 내가 나의 멘토라 말하곤 한다.
출판하기도 전에 나에게 참고가 될 자료를 제공해서이다.

· 이 세상에 가장 아름다운 모토는 인연이고 사랑이고 가족이다. 내
 가 나를 사랑하면 남도 나를 사랑한다. 있는 그대로 나를 사랑하면
 남도 있는 그대로 나를 사랑한다.
　　　─송혜정 장애인 스케이트 강사, 전 국가대표

· 시각을 잃기 전에는 돈만 생각했는데 시각 장애인이 된 이후 어떻
 게 하면 남을 도울 수 있을까를 생각한다.─시각 장애인

KBS TV 100도씨 강연에 출연한 분들의 애절함이다.

· 150여명의 출연자들, 그중 불편함을 이기고 성공한 장애인들 절규
  가 마음을 사로잡고 눈을 멈추게 했다.
  사회의 편견을 돌파하고 불편함을 극복하는 지침이 될 것이라 확
  신이 들고 희망을 안겨줄 강연이었다.
  자기 자신을 인정하면 모든 게 해결된다고 한다.
  자기 자신의 불편하고 부족한 부분 채워가며 부정을 긍정으로 바
  꾸어 자신감을 갖는 체험담이다.

  나의 어려웠던 과거도 긍정의 힘, 할 수 있다는 의지였다.
  몸이 불편하신 분들에게 큰 힘이 되길 기원한다.
  꿈이 있는 자만이 자신의 꿈을 이룰 수 있다!
  힘듦 잊고 모음집 만든 隣山 선생님 큰 발전 있길 바랍니다.

  2019년 4월

어록집이 많은 독자들에게 귀감이 되기를

국회의원 **박 영 선**

"누가 지도자인가?"

본인 저서 출판 겸 북 콘서트에서 인연을 맺은 隣山 선생님께서 제목부터 흥미로운 『글, 어록, 강연, 토크집』이라는 명제로 국내, 외 각 분야 저명인사, 보통 사람들 2018인의 그 모음집 출판 면면을 보니,

- 지도자는 분노를 용서하고 승화시키는 마음 따뜻하고 포용적 리더십을 가진 지도자 / 박영선
- 정치는 권력이 아니라 사람을 위한 시민을 위한 정치가 되어야 한다 / 정도전
- 명견만리는 미래를 예측하고 나아갈 길을 제시 / KBS TV
- 경제 세미나는 경제 현안 진단하고 해결하는 의견 제시 / KBS R

이처럼 '정치, 경제, 사회, 문화, 종교' 등 각 분야 총 망라하여 그 분

야에서 활동한, 활동하는 분들의 글, 어록집이라 좋았다.

'2018' 숫자 또한 의미가 있어 보였다.

2018년은 평창 올림픽을 치른 세계적인 행사였고,

2018㎞는 대장정 성화봉송길 거리이고, 2018인의 모음 글까지

2018 숫자가 세 번이나 겹치니 아주 특별하여 기네스북에 오를만한

2018 숫자이기도 하다.

4년여 동안 인내와 열정으로 결실을 맺어 출판된 어록집이 많은 독자들에게 귀감이 되어 단 한 줄이라도 마음에 새겨두면 좋을 듯하다.

COLLECTOR 'PYEONG CHANG' 님께도 영광이 있기를 바랍니다.

2018년 4월

2018인의
글, 어록, 강연, 토크집 출간 축하합니다.

박재동 / 화백, 만화가

명언집 출판을 축하하며 …

명예철학박사 · 시인 **지 현 경**

隣山 선생님

청청 하늘에 흰 구름 한 점 떠가네.

남쪽 하늘아래 진도에서 서울로 올라와 그 구름 만났으니…

강직한 성품 담고 일생모습 보여주니 깊고 푸른 강물이 내 앞에 흐른다.

대대손손 선비 집안에서 자라난 씨앗이라 보는 눈이 예사로워 길을 걷다가도 돌을 주워 금덩어리라 하는구려.

주옥같은 명언들을 추려내시니 선생은 과연 선비의 씨앗입니다.

오다가다 인생살이 지나치면 그만인 것을 하고많은 잡다한 삶을 내 버리지 않고 4년여 동안 금쪽같은 어록들을 여기저기서 모아 2018년 동계 평창올림픽 대회를 '평창' 이름하여 기억 속에 남겨주니 후세에 길이길이 빛날 것입니다.

고귀한 말씀들을 낱낱이 기록해 남기시니 역사의 한 페이지가 될 것입니다.

隣山 선생님의 탁월한 지혜가 주는 교훈은 어느 누구도 생각 못한 훌륭한 작품입니다.

뜬구름 속에서 비를 내리라하니 선생의 혜안과 노력이 만방에 비출 것입니다.

다하는 날까지 한 푼 남는 동전잎이라도 남겨두지 말고 주머니를 다 비워 길가는 사람들께 나눠주기 바랍니다.

선생님이 기록한 고귀한 말씀 가슴에 담겠습니다.

뜻 깊은 2018년에 주옥같은 2018인의 명언집을 출판하니 축하드립니다.

2018년 동계 올림픽과 함께

지켜보면서…

시 · 소설 작가 **박 상 률**

'좋은 삶은 좋은 말을 낳는다.'

삶은 저마다 다를 수밖에 없다. 그러나 누구에게나 통하는 공통적인 것도 가지고 있다.

다른 사람의 삶이 자신의 삶과 무관해 보이지만 때론 영향을 미치는 경우가 있는 것이다.

그래 사람은 기본적으로 다른 사람의 삶에 호기심을 갖고 있다.

본인의 숙부께서 힘들 때마다 기댄 인물들의 글, 어록, 강연, 토크 등을 모으기 시작했다.

그들의 말들을 정리한 것은 그들의 말이 그들의 삶속에서 나와서였기 때문이다. 즉 좋은 삶은 좋은 말을 낳기 때문이다.

무려 2018명의 글, 어록, 강연, 토크를 정리한 모음집을 선보인다.

더욱이 2018년은 평창 동계올림픽에 숙부님의 이름이 영문표기

PYEONG CHANG여서 여러 가지로 인연 있는 해이기도 하다.

평생을 바쳤던 치열한 건설 현장의 삶을 접고 4년 반 동안 오로지 여기에 매달려 왔다 하여도 과언이 아니다.

책을 읽다가, 신문을 보다가, TV를 보다가도, 라디오를 들으며 메모, 경영인, 종교인, 문인, 학자, 연예인, 정치인, 스포츠 등등… 가리지 않고 그들의 말이 가슴을 치는 것만을 기준으로 삼았다.

예전엔 서 있는 자리가 달라 지나친 말들이 마음에 와 닿았다 한다.

선친은 교직에서 퇴직 후 15년여 동안 진도 향토사 발굴하여 10권의 책으로 묶어 진도인물, 역사, 풍속 등 향토사에 큰 업적을 남기셨다.

이 책을 엮은 숙부는 부친 형제 중 막내이신데 그냥 노후 안보내고 이런 할 일 찾아 성과 낸 것에 장조카로 기뻐서, 벌써 다음 성과물 숙모님 수필, 숙부님 사진 함께한 수필, 사진집 출판 기다려진다.

그 꿈 꼭 이루시길 기원합니다.

2018년 4월

차   례

머리말 2018人 글, 어록, 강연, 토크集 내면서! 005

추천의 글 정치는 현실이고 미래다 — 전 국회의장 정의화 007

추천의 글 "고통에 함께함이 종교다" — 명진 스님 009

추천의 글 꿈있는 사람이 꿈을 이룰 수 있다

　　　　　 — 전국장애인기능협회 회장·전 국회의원 김정록 012

추천의 글 어록집이 많은 독자들에게 귀감이

　　　　　 되기를 — 국회의원 박영선 014

축하의 글 2018인의 글, 어록, 강연, 토크집 출간 축하합니다

　　　　　 — 화백, 만화가 박재동 016

격려의 글 명언집 출판을 축하하며 — 명예철학박사·시인 지현경 017

축하의 글 지켜보면서… — 시·소설 작가 박상률 019

특집 　**추천사, 격려사, 힘을 주신 분들 글** 023

1. 경영인, 역대 대통령 어록 045

2. 교수, 정치인, 법조인 059

3. 그날(KBS TV 역사저널 외) 073

4. 낭만논객(TV조선 외) 085

5. 명언(국내외 좋은 글) 093

6. 문학文學, 인문학人文學 103

7. 방송, 연예, 유머 115

8. 깨달음의 삶(심리, 명상 외) 133

9. 스포츠, 여행 151

10. 예술을 만나다(SBS TV 외) 159

11. 오늘 만나다, 미래를(명견만리 외) 169

12. 종교, 종교인(Oh my god 외) 179

13. 한국, 한국인(KBS TV 외), 힘(SBS TV) 195

14. 황금강의 / 어록(경제세미나 KBS R 외) 203

15. 꿈꾸라, 도전하라(KBS 백도씨 외) 215

16. ME & ETC(세월호 관련, 시 외) 227

* 명언은 실험실의 원리이며 행동의 기폭제다.

특집

추천사, 격려사, 표지그림 주신 님
정의화 전)국회의장, 명진 스님,
김정록 전국장애인기능협회 회장,
박영선 국회의원, 박재동 화백,
지현경 명예철학박사, 박상률 문학작가,
이현 미술작가

힘을 주신 님
김양흠 회장, 나경렬 회장, 조명인 사진작가,
이오순 수필작가

- 정치 아카데미 만들어 정치를 UP GRADE 시키려 한다.
- 대통령 자리 어려운 자리다. 많은 정치인 희망하는 것, 좋은 것이다.
- 의정활동도 한 단계 올려야 한다. 누구나 지난 의정활동 깊게 성찰해 보아야 한다. 안된다고 생각 말아야 한다.(UP GRADE)
- 의원세비 : 장관과 차관의 중간 정도 / 돈 벌기 위해 의원된 것 아니다.
- 의정생활 10년은 : 혼자 자취생활 했다.
  국회 내에서는 자유로운 의견 말할 수 있어야 한다.
  국민의 편에서 이야기해야 하기 때문이다. — 면책특권
- 정치하는 이유 : 대한민국 건강하게 만들고 영호남 교류, 화합하는 것이 나의 정치목적이다.
  금번 20대에서는 부산의 1/3이 야당, 무소속이 당선, 전국적으로 볼 때 좋은 사례가 될 것이다.
- 생산적 국회 — '3개 정당' 이라 타협하는 것 더 어려울 수 있지만 원칙은 대화와 타협이다.
- 생산적 국회란 국민을 두려워해야지 권력을 두려워하면 안 된다.
- '3당' 역할에 캐스팅 원칙하에 마음이 중요하다.
  중간의 입장에서 활동하면 잘 할 수 있을 것이다.
- 의장은 당연히 제 1당이 맡아야 한다.
  현재 법사위원회는 뭔가 월권의 상임위원 활동을 하고 있다.
  법률상 틀린 자구 수정만 해야지 원안 수정하면 안 된다.

* 정의화 : 義(의)로서 和(화)를 이루다 — BLOG

국회의장 취임 하면서

여러분과 함께 하는 건강사회를 바라며 저는 제헌국회가 대한민국 헌법을 제정한 1948년에 태어나 국회와 나이가 같은 제헌동이 국회의장입니다.

대한민국이 전쟁의 포화를 딛고, 산업화 민주화를 넘어 선진화 되는 역사의 현장에 국민과 함께 있었습니다.

이제 국회의장으로서 국민과 함께 내딛는 한걸음 한걸음이 국회와 대한민국의 역사라는 생각에 어깨가 매우 무겁습니다.

"저는 우리 국회가 헌정 67년에 걸맞은 품격 높은 국회가 될 수 있도록 대립과 갈등 대신 대화와 타협의 박수소리가 들리는 화합의 전당이 될 수 있도록 역량을 다 하겠습니다."

이것이 국민 여러분께서 국회에 부여한 역사적 소명이라 생각하고 국회의장의 직무에 최선을 다 하겠습니다.

감사합니다. 국회의장 정의화

임기를 마치고(제68주년 국회개원 기념식 기념사)

이제 저는 국회의장 임기를 마치고 떠납니다.

그동안 아낌없는 격려와 응원을 보내주신 모든 분들 감사드립니다.

특히 지난 2년간 일 욕심 많은 의장 탓에 고생한 국회직원 여러분 정말 고맙습니다.

여러분 덕분에 의장으로서의 소임을 다하고 본회 의장에서 여야 의원들의 따뜻한 박수를 받으며 떠날 수 있게 되었습니다.

앞으로도 지금처럼 맡은바 임무에 최선을 다해주신다면 우리 국회의 사랑과 신뢰를 회복할 수 있을 것입니다.

20대 국회를 맞이하며 마음가짐을 새롭게 해주시길 부탁드립니다.

그동안 정말 감사했습니다.

2016. 5. 27. 정의화 국회의장

□ 단식 끝에 앉은 명진 스님

* 김주대 시인

· 목숨에도 백척간두가 있다

한 스님이 벼랑 끝에 올라가 웃으면서 난간에 매달린 살찐 부처를 밀어내고 있다. 부처가 죽어야 부처가 사니까. ─ 명진 스님 단식에

* 고닷따경

· 정의를 따르다가 이익을 얻지 못하는 것은 정의롭지 못하면서 이익을 얻는 것보다 낫다.

· 지혜롭지 못하면서 높은 평판을 얻는 것은 지혜가 있으면서 평판을 얻지 못하는 것보다 못하다.

· 욕망에 얻어지는 쾌락보다는 욕망을 벗어나 자기를 단련하는 괴로움이 낫다.

· 불의에 살 것인가? 정의를 위해 죽을 것인가? 불의에 사는 것보다 정의를 위해 죽는 게 낫다.

* 명진 스님은

· 민가협 양심수 후원회 : 우리사회 양심의 거울이고 민주주의와

인권 자주 통일운동에 온 생애를 바친 명진 스님 정의로운 투쟁은 반드시 성공할 것입니다.

· 민주화운동기념사업회 : 중생이 앓으니 나도 앓습니다. 화강동진, 먼저 깨는 자는 그 빛을 감추고 세상의 먼지에 섞이는 것이 민주주의의 실천입니다.

· 자기를 찌르는 것이 부처님 정신

· 수행은 깨달음을 구하는 것입니다. 올바른 안목과 견해를 갖는 것입니다. 그걸 바탕으로 중생에게 자비심을 베푸는 게 불교의 가르침입니다.

· 깊은 산중에서 나는 뭘까? 라고만 묻지 말고 시장 바닥에 나와서 중생의 고통도 함께 물었으면 좋겠습니다.

· 부처님이 출가를 결심한 것도 거리에서 고통 받는 중생을 보고 충격을 받아서입니다.

· 중생이 아프면 부처도 아픕니다. 산중에서 참선하는 것도 중요하지만 사바세계 중생들의 세상에 내려와 그들과 부딪치면서 수행하는 기풍을 만들어야 합니다.

· 부처님은 묵빈대처默貧對處하라고 했을 것, 진짜 나쁜 사람에게는 말하지 말고 스스로 깨달음을 얻을 때까지 기다리라는 가르침이다.

＊ 법구경에

여철생구 반식기신如鐵生垢 反食基身이란 '쇠에서 나온 녹이 그 쇠를 먹는다' 라는 뜻 즉 세속이 부패하고 썩을 때 소금역할 하는 것이 종교다. 그런데 세속 사람들이 썩어가는 불교를 걱정하는 시대다. 시뻘겋

게 녹이 슬은 조계종단 일부 권력승들이 부패한 환부가 세속으로 번질까, 그게 부끄럽습니다.

· 스님, 어떤 게 잘 사는 겁니까? - 저자

□ 삶의 흔적 — 김정록 저
전국장애인기능협회 회장, 전 국회의원(기독교 장로)

· 기차 사고로 다리를 잃었지만 나는 행복한 장애인
  '두려워 말라 내가 너와 함께 함이라. 놀라지 말라 나는 네 하나님이 됨이라. 내가 너를 굳세게 하리라. 참으로 너를 도와주리라.' (시편)
· 중 2때 만원 열차에 밀려나는 할머니를 받쳐 올리던 순간 기차가 출발하면서 할머니는 구했지만 나의 오른발 파상풍으로 절단하고 의족을 한 장애인이 되었다.
· 절망은 또 다른 희망으로 기적 같은 하나님의 소리가 들려
  '내 영혼아 네가 어찌하여 낙심하며 어찌하여 내 속에서 불안해하는가? 너는 하나님께 소망을 두라.' (시편)
· 장애를 입고 절망에서 모든 것을 포기하려던 나, 나를 지켜주는 분이 계시며 나는 혼자가 아니다 마음 다짐하고 다시 학교로.
· 그래 신체적 장애를 인생의 장애로 생각하지 않는 나는 분명 행복한 장애인이다.

✻ 나의 삶을 찾다
  '두려워 말라 내가 너를 구원해 주었고 너의 이름을 불렀으니 너는

내 사람이로다.' (이사야서 43장)

- 불행은 절대로 혼자서 오지 않는다.
- 한 집안에 지적 장애인이 있으면 그 가정이 파탄날 수 있지만 장애인이 직장을 얻으면 한 집안을 살린다.
- 나의 꿈은 장애인이 신체적 장애의 환경에 좌절하지 않는 세상을 실현하는 것이다.
- 결혼, 그 힘든 도전 앞에서
  '하나님 내 하나님 당신을 애틋이 찾나이다.' (시편)
- 장애인에 있어 결혼은 가장 높은 장벽 중에 하나이다. 그래 나의 첫사랑을 이루게 해달라고 간절한 기도했다.
  3년 후 나는 당신의 한쪽다리가 되기로 결심했어요. 내 꿈의 동반자로 사랑하는 아내를 하나님께서 내 곁에 두셨다.
  '당신의 말씀은 내 발에 등불이요 나의 길에 빛이옵니다.' (시편)
- 오늘도 아내와 나는 열심히 기도하며 한 걸음 한 걸음 우리의 길을 망설임 없이 걸어갑니다.

✳ 마침내 내가 쓰일 곳을 찾다

'누구든지 그의 말씀을 지키는 자는 하나님의 사랑이 참으로 그 속에서 온전하게 되었나니 이로써 우리가 그의 안에 있는 줄 아노라.' (요한)

- 나는 사업가라는 삶을 지나 국회의원이라는 두 번째의 삶을 살고 있다. 이에 사회적 약자를 위해 아주 작은 목소리라도 낼 수 있는 것이 나를 그곳으로 이끌었다. 그래 물고기를 잡아서 주기보다 물고기를 잡을 수 있는 방법을 가르쳐 줄 수 있는 그런 삶

을 살고 싶다.

· 사업가라기보다는 장애인 운동가로, 장애인을 비롯한 사회적 약자가 학업과 취업을 포기하지 않고 스스로의 노력으로 미래를 일구어 나갈 수 있게 하는 위치에 서서 힘을 다하고자 한다.

· 비례대표로 국회에 입성하자마자 발달장애인 법안을 1호 법안으로 제출하였다.

'내게 능력 주시는 자 안에서 내가 모든 것을 할 수 있느니라.'

(빌립보서)

· 사회적 약자를 위해서라면 의족을 찬 다리에서 피가 나고 진물이 나오는 고통을 겪는다 해도 열심히 뛰고 또 뛰면서 견뎌낼 자신이 있다.

✳ 나의 인생 좌우명은 'I have a dream'

'너의 염려를 다 주께 맡기라 이는 너희를 돌보심이라.' (베드로 전서)

· 내 인생의 좌우명은 마틴 루터 킹 목사의 연설 중의 한 부분으로 "I Have a DREAM"이다.

내 자녀가 피부색이 아니라 인격에 따라 평가받는 그런 나라에 살게 되는 날이 오리라는 킹 목사의 꿈처럼 나 역시 그런 꿈을 꾸고 있다.

· 사회적 약자들이 행복한 꿈을 꿀 수 있는 나라를 만드는 전도사가 되는 것이 나에게 주어진 마지막 소명이라 생각한다.

□ **박영선** 의원

- 부는 소수에게 독점되고 위험은 약자에게 집중되는 위험사회를 더 이상 방치할 수 없다.
- 탐욕과 돈에 눈먼 대한민국으로는 더 이상 안 된다. 인권과 정의가 중시되는 사회로 가야 한다.
- 정부는 지금보다 더 정직해야 한다.
- 사람이 존중받는 생명의 정치, 안전하고 정의로운 대한민국을 만들기 위해 힘을 모으자.
- 국민상식과 청와대인식이 언제쯤 일치할 수 있을는지 생각해보았다.(6. 12 원내대표 연설에서)

* 독일 메르켈 수상에 대해

① 정직하다 ② 경청한다 ③ 겸손하고 검소하다
④ 문제가 발생하면 절대 독단적으로 해결하지 않고 이해관계자와 얽혀있는 사람 모두 불러 합의를 도출한다.

* 박근혜 대통령에 대해

- 인터뷰 때 보면 장점이 많은 분이다. 부패로부터 자유롭고 국가를 위해 자신의 철학을 심으려고 굉장히 애쓴다.
- 국가개조란 용어에―청와대 대표회담에서(7. 10)
  국가개조를 국가혁신으로 정정요구, 국가개조란 일본군국주의식 용어로 권위주의고 하향식이다.

* 기자 간담회에서

· 투쟁정당 이미지에서 벗어나 정의로움을 더욱 굳건히 세우고 경제민주화와 복지에 근간을 둔 생활정치 실현하겠다.
· 무당무사무민무당 : 당이 없으면 내가 없고 국민이 없으면 당도 없다.
· 선당후사 정신 : 당이 먼저 개인이 나중

* 새민련 비상대책위원장 수락하면서

· 비가 와도 가야할 곳이 있는 새는 하늘을 날고 눈이 쌓여도 가야할 곳이 있는 사슴은 산길을 오른다.

* 박영선 새민련 비대위원장 사퇴하면서

· 책임이란 단어에 묶여 소신도 체면도 다 버리고 걸어온 힘든 시간이었습니다.
· 세월호 유가족께는 매우 미흡하지만 작은 매듭이라도 짓고 떠난다.
· 유가족 분들로부터 수고하셨다는 말과 함께 들었던 끝까지 함께 해 달라는 호소가 가슴속 깊이 남아 있다.
· 흔들리는 배위에서 활을 들고 협상이라는 씨름을 벌인 시간이었다.
· 직업적 당대표를 위해서라면 그 배의 평형수라도 빼버릴 것 같은 움직임과 일부 극단적 주장이 요동치고 있었던 것도 부인할 수 없다.
· 세상에서 가장 슬픈 법, 이름만 법일 뿐, 세상을 떠난 이들에게

보내는 가슴 아픈 편지 같은 이런 법을 만드는 일은 이제 더는 없어져야 한다.
- 힘든 제가 폭풍의 언덕에서 힘들어할 때 격려주신 국민 동료의 원께 깊이 감사드린다. — 박영선
- 신은 진실을 알지만 때를 기다린다. 진실은 이직 밝혀지지 않았다. — BBK 사건에

□ **박재동** 화백, 만화가, 부천만화축제 위원장(KBS R. 8. 8 인터뷰 중에서)

- 신문 한 장 내용 만화 4컷에 담아야 한다. — 한겨레신문 연재
- 수많은 선택 중 하나를 선택해야 하므로 압축하기가 어렵다. 어려운 일이지만 그래도 할 만한 일이다.
- 어떤 때는 화장실 가서 IDEA 찾기도 했다.
- 만화의 힘은 마음을 맞추는데 있다. 그림으로 쉽게 가르치는 것보다 수평적으로 마음 편하게 알려야 한다.
- 부천 70+30의 의미는 해방 70년에 미래로 30년 의미.
- 끊임없이 한국인들 만화가로 도전하고 있다. — 15만 명 웹툰에

* **사회적 관심을 가져야**
- 만화 자체가 생산력을 일으키고 교육해야 하는데 한국의 현실은 똑똑하기만을 원한다. 만화는 보고 즐기는 것이 중요하다.
- 똑똑한 만화보다 재미난 만화는 긍정적이고 명랑한 마음을 갖고 변치 않고 배려하고 상상력이 좋아지고 성격이 좋아진다.

* 일상의 이야기 — 상상력

· 과거에서 현재로, 미래로 발전한다.

· 미래를 예측하고 사회적 영향력이 크다.

· 사회와 함께, 기쁨과 슬픔과 함께 하는데 만화가 있다.

· 예술은 위대하다.

· 당장 돈이 되지 않으나 거기에 열정을 넣을 수 있는 순수함이 있어서 예술은 위대한 것이다.

· 당장 돈이 되는 일을 열심히 하는 것은 당연할 뿐 위대한 일은 아니다.

· 예술가는 어리석은 것 아니다. 사랑을 아무조건 없이 좋아하는 것과 같다.

· 옛말— 자식이 16세가 되면 친구로 대하라.
자식에게 기대말고 스스로에게 걸어라.
내 꿈 이루고 자식들이 꿈을 이루어야 같이 살아가는 동료가 된다.

□ **지현경** 자서전 『역경에서 보람으로』,
시집 『동촌(洞村)의 바람소리』, 『길 위에 홀로 서서』,
『한 길에 서서』, 『고운 목소리 떠난 자리』, 『꿈은 살아 있다』
산문집 『길 위에 남겨둔 이름』, 『날마다 즐거운 날』

· 정직한 삶은 귀인이 돕는다.

· 체득의 순간이 빚은 수확으로 별과 꿈이 춤추는 가장 풍성하고 소박하고 진솔한 시를 찾아가고 싶다.

· 조금은 특별한 삶을 살면서 자신이 처한 환경과 배경에 갇히지

않고 어떤 일이 의미 있는지, 무엇을 해야 다른 사람께 도움이 될
지 - 세대 공감 청춘이야기 중에서

아버지의 고무신

지현경(시인, 명예철학박사)

우리들 잠 깨기 전
질척거리는 논밭 길을 이른 새벽에 다녀오셨다.
아침밥 잡수시자마자
삽을 들고 나가시던 아버지
하루해가 다 지도록 논과 밭에서 사셨다.

물 귀도(물 빼는 곳) 쥐구멍도 수시로 살피며
봄부터 가을까지 한순간도 편히 앉아 계시지 못하셨다.
오직 가족들 생각에
흙탕길을 묵묵히 걸으셨던 아버지

뒤꿈치에 구멍이 날 정도로
신고 또 신으셨던
고무신 한 켤레만 남기고 가셨다.

· 두고 온 고향, 피땀 나는 생활현장, 가슴에 남아있는 수많은 추억
들 글로 남기는 것! 나의 일상이고 추억이 쌓여간다.

□ **박상률** 진도 출생. 희곡, 아동문학, 시인
　　　　저서 : 진도아리랑, 배고픈 웃음, 하늘산땅끝 이야기
　　　　어린이삼국지, 봄바람, 풍금 치는 큰스님 용성 등

＊ **최근에는 '너는 아홉 살, 아니 만 열아홉 살'**
· 오늘을 살아가는 청소년들이 꼭 기억해야 할 그해 오월 광주이
야기.
광주가 끼친 영향은 90년대 후반까지 의식 있는 작가들 대부분
작품에 스며들어있다 해도 과언은 아니다. 그 이후 태어난 세대,
역사교과서 한 갈피에서 만나는 세대에 문학고유의 방식으로 말
걸기를 시도하는 것도 긴요해진 시점이다. – 내용 중에서

어머니

박 상 률

머리 검은 젊은 여인네
등에 아이하나 들쳐 업고
오뉴월 뜨락을
동지섣달 벌판을 작두 타듯 살아왔다.
서숙 밭에서 자갈논으로,
지가심 장사에서 마른명태 장사로 닳아질듯 끊어질듯
맨발로 한여름
염전을 한겨울 살얼음판을 용케도 살아온 당신
아, 어머니!
등에 업은 하나보고 살아온 당신은?

□ 이현 미술작가

＊ 시선을 사로잡는 아름다움

그것은 그녀들이 소망하고 갈망하는 여자들의 현대판 권력이다.

작은 삼각도형이 모여 작품을 구성한다.

불안 속에 날카롭고 공격적이지만

이내 다시 당당한 정상의 자리에 선다.

얼굴이 묘사되지 않는 흑색 여인들은

현대인들의 자화상이자 작품을 관람하는 이의 거울이 된다.

· 강하다, 강렬하다, 더해 아름답고 화려하다.

부드러운 선이 노래를 하고 원색칼라들이 춤을 춘다.

작품 속 흑색여인은 현대인들의 자화상이다.

들키고 싶지 않은 내면 깊이 묻혀있는 정체성을 화려한 색채로 포장한다.

· 삼각 조각들은 공격적이고 불안한 시대의 마음을 담아내고 수놓아지듯 몸에 퍼진 조각의 잔재들은 여인의 상처와 무게를 슬프게 연주한다.

· 삼각이라는 도형으로 현대판 여성의 날카로운 심리를 묘사하고 회화를 디자인화 시켰다.

넓은 면을 아래로 놓으면 날카로운 모서리를 위로 치켜들고 위협하지만 모서리를 아래로 뒤집어 놓으면 넘어질 것처럼 불안정한 그 도형이 나 자신과 같이 현대를 살아가는 여성들의 불안한 심리를 대변하는 상징으로 다가왔다.

· 나는 현대 여성의 삶을 나의 불안을 인정된 삶으로 바꾸기 위해서 불안한 남을 밀어내고 다시 위로 치고 올라가야만 하는 불안정한 삶이라고 표현한다.

삼각형은 불안한 나이자 나를 불안하게 하는 세상의 표현이기에 때로는 삼각형이 모여 그림 등장인물을 구성하기도 하고 때로는 삼각형의 날카로운 면이 등장인물을 향해 위협을 한다.

등장인물 역시 삼각형의 위협에 정면으로 맞서거나 때로는 외면하며 조응하는데 그 모든 삼각형은 불안하고 날카롭고 예민한 속성을 품고 있다.

· 반대로 아주 작고 가장 단순함에서 어떠한 형태가 만들어지듯 우리의 삶도 결국 혼자가 아닌 함께일 때 행복이 시작되는 것이 아닐까 생각해 본다.

먼지만큼 작은 점들이 만나 선을 이루고 하나의 개체를 형성하듯 어울림에서 시작되는 설레임은 또 하나의 행복을 만들어 가는 것이다.

즉 삼각들이 모여 손을 잡고 마주하면 뒤집혀도 안정된 형태를 유지한다는 억지 아닌 자연스런 흐름을 과히 말할 수 있다.

색의 공간

이 현/미술작가

멈추지 않는 피아노 선율처럼
긴 화폭 그리움 가득 채색 빛깔로 물들이다.

삶의 긴 여정을 가을 타고 흐르는 곱디고운 색처럼
내 삶의 비울 수도 채울 수도 없던 시간과 팔짱을 끼고
물감 풀어내는 퍼포먼스를 시작한다.

□ 김양흠 회장

삶은

삶은
언젠가 종착역 도착한다
즐겁게 살아온 사람이나
힘들게 살아온 사람이나
삶의 종착역 도착한다
즐거운 일, 아쉬운 일, 어려운 일
삶의 종착역 도착하면 마감한다.

삶은
한없는 세상으로 달려가고
세상 어려움 뒤로하고
삶의 행복그림 그려 간다.

삶은
불행은 하차 시키고
행복만 싣고

한없는 삶의 길 달려간다.

삶은
모든 이가 승차한다
모든 곳에서 오라한다
열심히 다니고,
좋은 곳 찾아 나서
행복 추억 남기고
새로운 삶의 길 떠나자.

□ **조명인** 시인, 사진작가
『나는 행복합니다 당신 때문에』 시사집 펴냄

· 시중유사 사중유시詩中有寫 寫中有詩 : 시 속에 사진이 있고 사진 속에 시가 숨 쉰다.
· 누가 가져다 준 것도 아닌데 눈가에 잔주름 지으며 부족한 듯 나름대로 열심히 살아온 나날 때로는 부대끼며 예순을 돌아 나온 그 소중한 세월, 말 많은 이 세상 당치도 않은 시시콜콜한 사진과 글, 책 만들 생각, 부끄럽기도 하지만 한편으론 재미있는 일이기도…

어머니 뒷모습

황혼에 물든 지표, 연민의 긴 그림자,

저녁햇살에 더욱 휘어져가고
터벅터벅 자갈길을 홀로 걸어가는 뒷모습

생명의 연줄 하나 둘 둥지 떠난 지 오랜
허전함에 밀려가는 넘친 듯 모자란 일흔일곱 아린 세월,
낡은 치맛자락에 묻어나는
일상의 기쁨과 슬픔을
서로 교차하고 싶은 모성의 한결같은 심정,

오늘도 일곱 자식 이름 이름 불러보며
검버섯 얼룩지도록 사신 텅 빈 오백이십구 번지 찾아
홀로 걸어가는 외로운 뒷모습,
어머니 뒷모습.

· 모든 사물이 시간 속에서 생성되고 시간 속에서 소멸되어 버리는 그 아름다움과 그 안타까운 순간들, 인간이 풀 수 없는 자연의 섭리를 한 부분이라도 글로 사진으로 남기고 싶은 욕심에 둔한 머리 무딘 손으로 대자연을, 사람 사는 모습을, 때로는 야생화를 아는 만큼 보이는 만큼 쓰고 또 쓰고 찍고 또 찍어 내 눈높이로 봐줄 것 같은 태연한 믿음으로 글과 사진 묶어 『나는 행복합니다 당신 때문에』를 펴낸다.

· 어느 날 흙이 그리워 흙으로 돌아갈 땐, 사진 여행 떠나 '여기 靑山에 머물다' 라는 비문을 자랑스럽게 쓰기 위해 사진을 계속 할 것이다. ― 시원토방에서 조명인

□ **이오순** 수필가, 시낭송가, 김포 복지관 문예 창작 강의
　　　　　수필집 「나무들 모습, 산그늘」 공저
　　　　　김포문학산책 창간호 「화요일 오후」 출간

* 다시 듣고 싶은 말 중에서

· 아무도 받을 사람이 없는 줄 뻔히 알면서도 전화기를 들고 조심
　스럽게 다이얼을 돌려본다.

· 어렸을 때나 나이 들어서나 언제나 나를 귀여운 강아지로 불렀
　던 어머니.

· 오냐, 잘했다 내 강아지, 다시 듣고 싶은 어머니 말씀. 그 말 한마
　디에 목이 메어 비오는 창밖만 물끄러미 바라보며 빗줄기를 세
　어본다.

· 가끔 어른노릇 힘이 들면 어머니의 마음속에서 행복했던 그 옛
　날의 어린이로 돌아가고 싶다.

* 눈부신 산사 아침에

· 이제 당신의 욕심일랑 깊숙이 접어두어라.

· 집착을 버리고, 분별심을 버리고, 탐심을 버리고, 마침내는 모두
　버려야 한다. 알음알음까지도 다 버려야 한다.

* 진을주 시인 시비 제막식에서 오행시

진 : 진보라색 라일락꽃 흐드러진 봄날

을 : 을왕리 깊은 바닷속 진주를 만나듯

주 : 주렁주렁 이어지는 그 많은 이야기들

동 : 동산에 올라보니 시의 향기 묻어나고
산 : 산능선 골짜기마다 시인의 혼이 되살아오네!

(고 진을주 시인은 지구문학사 설립, 후진양성에…)

경영인, 역대 대통령 어록

경영인 어록 :

나경렬, 정주영, 박정용, 손원길, 김석원, 이준희,

김병두, 이인호, 김방의, 벤자민 프랭크린, 엄길청, 박규재

CEO, 역대 대통령 어록 :

박창범 외 47인, 박정희, 김대중, 노무현,

이명박, 정주영, 이병철

□ **나경렬 회장** 팔방건설 대표이사
대한민국건설문화대상 수상, 국민훈장 목련장 수상

- 인생의 뒤안길에 당당하고 싶다.
- 진실 통한 신용 쌓기가 사업 최대 자산이 된다.
- 젊은이는 눈높이를 낮추고 도전하라.
- 하고자 하는 일은 신념을 갖고 과감하게 뛰어들어라.
- 자신이 가장 잘하는 일 자신 있는 일에 뛰어들어라.
- 자신과 상대방에게 진실함을 보여라.
- 신용은 보이지 않는 자산도 얻을 수 있다.

＊ 연습이 없고 왕복 없는 단 한 번의 인생

- 어려울 때일수록 지금보다 더 어려웠을 때를 기억하라. ─ 기회를 잡게 될 것이다.
- 힘들수록 나보다 더 힘든 사람이 있다는 것을 생각하라. ─ 선택하게 될 것이다.
- 포기하고 싶을수록 포기한 후의 자신의 모습이 어떨까를 그려보라. ─ 도전하게 될 것이다.
- 인생 지혜롭게 살기 위해 숨 쉬는 순간순간이 기회라 생각하고 희망으로 선택하고 용기로 당당하게 도전하라.
- 편안한 환경에서 강한 인간 만들어지지 않는다. 시련과 고통의 경험을 통해 강한 영혼이 탄생하고 통찰력이 생겨 성공한다.

＊ 내 아들 딸아!(원산 나경렬)

· 겸손하게 널리 배워라 － 博學

· 좋은 일을 많이 하여라 － 行好事

· 항상 웃는 얼굴을 지녀라 － 常笑顔

· 마음이 넓고 큰 포부를 가져라 － 浩然之氣

· 땀 흘리지 않고 이뤄지지 않는다 － 無汗不成

· 최선을 다하는 사람만이 성공할 수 있다 － 成則成

＊ 신 경영 마인드

① 위험을 감수하라.

② 새로운 방식으로 사업하라.

③ 시장을 독점하기 위해 노력하라.

④ 기업을 통합하라 － 피어폰트 모건

⑤ 싸게 사서 최대한 활용하고 비싸게 팔아라 － 워렌 버핏

　　－ 투자한 기업에 대한 영향력 확보 － 수익창출 위해

　　－ 보험사 같이 현금흐름 원활한 기업 확보 우량기업 주식 소량
　　　보유.

　　－ 사업 뛰어난 경영진 배치, 수익극대.

　　－ 다른 사람들이 가치 없다고 생각하는 부분에서 가치를 찾아
　　　보라.

⑥ 수익의 원천을 발굴해 낼 수 있도록 빈틈없는 협상을 하라.

　　－ 수익원천이 되는 계약을 하라.

⑦ 경영자보다 조직관리 능력이 앞서야 한다.

□ 정주영 회장 뒷이야기 — 박정용 비서실장, 13년 보좌

* 정 회장 어록
- 되는 것은 연구 말고 안 되는 것 되는 방법만 연구하라.
- 된다고 이야기는 하지 말고 안 되는 이야기만 보고하라.
- 어려움을 해결하려고 해야지 비켜가려고 하면 안 된다.
- 분단비용은 생각 않고 통일비용만 생각하는 것이 문제다.
- 정부가 못하는 일을 민간이 하는 것이 통일을 대비하는 것이다.

* 분단 비용이란 — 군대유지 비용이다.
- 북한 지하자원……7천조 원
- 남한 지하자원……280조 원
- 북한의 노동력은 세계에서 가장 우수하고 근면하다.

* 정 회장이 가장 좋아하는 것
- 근로자 작업복, 근로자 땀 냄새(하나가 되는 것이 취미이다.)
- 시련이란 뛰어 넘기 위해 있지 포기하기 위해 있는 것 아니다.

□ 손원길 CEO

- Its now or never! — 내일로 미루지 마라!
- 적자생존 — 적어야 산다.
- 만약 내일이 없다면 오늘은 어제 임종환자가 바라는 내일이다.
  미루지 말라!

* 변화에 대처하는 법

- 변화는 항상 이루어지고 있다.
- 변화는 치즈와 같이 변화하기 때문이다.
- 변화는 반드시 받아들이고 변화를 찾아나서야 한다.

  최상의 삶을 살기 위한 열정은 결단력과 자발력을 가져라!

☐ 김석원 경영학 박사, 전 동원 사장

- 나이 많은 내가 참아야지, 아내가 돈을 버니까! —용인에서 반찬가게
- 밤에는 살고 싶고 낮에는 죽고 싶다. —밤에는 선·후배 대화하니까!
- 사랑은 모든 허물을 덮어준다.(LOVE COVERS OVER ALL WRONGS)

☐ 이준희 회장

- 큰 기업은 만들었지만 존경받는 기업은 못 만들어 부끄럽다.
- 사회에서 얻은 이익은 다시 사회에 환원하는 기업을 만들고 싶다.
- 불가능하더라도 붙잡아라. 그러면 희망이 성공으로 이루어진다.

* 조직 운영 실천사항

① 즉각적인 반응 가능한 조직개편

② 최고능력 경영진 고용

③ 관리자에게 책임과 권한을 주고 동기부여

④ 경영진에게 강력한 권한부여, 의사결정에 도전할 뛰어난 인재
  등용

⑤ 다가올 문제에 항상 대비해야 한다.

⑥ 비용을 효과적으로 관리 위해 지속적으로 노력해야

⑦ 근무 장소를 일하기 재미있는 장소로 만든다.

⑧ 조직 내 구성원에 진심어린 마음을 가진다.

⑨ 정치적인 영향력을 얻기 위한 노력을 기울여라.

　　현실주의자가 되어라. 다양한 방법으로 기부하여 인맥 쌓기

⑩ 노조보다 한수 앞서도록 하라.

　─ 어떤 경우든 사업수익성에 노조가 악영향을 미치지 않게 하라.

□ **김병두** 서울대 교수

＊ **경영학의 역사! 00년 규제를 더해가는 역사**

· 3m ─ 자유시간 20% ─ 30% 준다.

· 혁신은 현재방식 깨야 혁신이 나온다.

· 자유를 주면서 규제를 풀어야 ─ 절충식

① 창의적 조직─규율전문가 의견 ② 보상하라

③ 존경하라─철학부재

· 혁신은 뺏는 것이라 생각 경제인이 경멸, 평등은 소중한 가치다.

· 창조는 경제의 혁신이다─언제나 혁신은 파괴를 동반한다.

· 혁신이 얼마나 부를 챙기느냐? 윤리적으로 가능한 시대가 된다.

　─ 정신혁명 철학혁명이 일어나야 한다.

· 파괴보다는 기술혁신 통해 혁신해야 한다.

· 혁신에서 보상받아야 ─ 자유 보상 보장 ─ KBS 라디오

✻ 지도자는

· 지혜 · 정의감 · 강인성ㅡ향 외적 능력

· 절제력 ― 향 내적 능력

① 미래를 기획하고 의사결정을 내릴 수 있는 지적능력

② 도덕적 판단력과 실천력이 필요

③ 어려운 역경 위험을 극복하기 위한 정신적 정서적 힘이 필요

④ 자신의 욕망을 억제하며 균형을 지킬 수 있는 능력

· 지도자가 될 수 있는 사람은 역경에 불만을 품지 않고 영달을 해도 기뻐하지 않고 실패해도 좌절하지 않고 성공해도 자만하지 않는다.

☐ 이인호 아산연구소장, 전 서울대 교수

· 지성인이 자성해야 한다.

· 지도층 인사가 제자리에서 자성하고 제 목소리를 내고 책임 있는 행동을 해야 건전한 사회가 된다.

✻ 재벌그룹 희망 경영

① 삼성ㅡ산업생태계에 상생의 숨을 불어 넣는다.

② 삼성그룹ㅡ상생협력 프로그램에 2018년까지 1조2천억 투자

③ LG그룹ㅡ협력사에 특허 무상지원 에너지 비용절감 컨설팅

④ 롯데그룹ㅡ제2롯데월드 건설계기로 지역밀착형 사회공헌

⑤ 포스코ㅡ공공업체에 사내전문가 파견, 맞춤형 눈높이 지원

⑥ KTㅡ소외계층 청소년을 위한 멘토링 드림스쿨 운영

⑦ SK 그룹─갑을 관계 아닌 동료협력업체에 노하우 전수

⑧ 삼성전자─강소기업 선정해 글로벌 업체로 육성

⑨ SK텔레콤─중장년층 맞춤형 창업지원 호응 높아

⑩ LG디스프레이─공동과제 실행해 협력사 경쟁력 향상

⑪ 현대모비스─경영진이 솔선수범, 자금지원 등 실천

⑫ GS 그룹─100% 현금결재, 투명한 거래 앞장

⑬ 현대제철─환경전문가 길러내는 초등생 환경캠프

⑭ 대한항공─국내엔 벽지 도서관, 해외엔 어린이 돕기

⑮ 한국전력─박람회 열어 중소기업수출 판로확대

* GOOD BOSS, WELL BOSS

· 마음은 비둘기처럼 쥐어라.

· 작은 것에 집착하면 큰 것도 굴러간다.

· 과외로 선수가 되어라.

· 보스는 말이 아닌 행동으로 하라.

　　─ 보스는 자기 자신은 모르나 직원은 알고 있다.

· 부하들을 보호하는 보호본능을 가져라.

　　─ YES, NO 생각해 봅시다─대화 요령

* 모든 보스는 남을 한두 번 해칠 때 있다─전보, 퇴직, 권고 등

· 나쁜 소식에 대체할 여유를 가져라.

· 충분히 이해할 수 있게 대화하라.

· 선택권을 주어라.

· 상대의 입장에서 생각해 보아라.

□ 성공 예감 — **김방의**

· 자식이 공부 잘하면 내 자식 아니고 남의 자식이 아니다.
· 소비자는 현실을 사지 않고 한 발자국 앞선 것을 선호한다.
· 현대사회는 과잉방어 사회이고 배려하는 사람이 욕을 먹는 사회
  가 되고 있다 — KBS 라디오
· 행복지수는 목표와 가치를 설정하여 성취하려 노력하는데 있다.
· 무엇이 필요한가를 따져 만들어내야 진정한 경쟁력이 생긴다.
· 창조경제란— 인간중심의 경제로 변화시키는 경제다. 사람, 자
  본을 투자하여 생산성과 부가가치를 높이는 것
· 인류의 역사와 함께 발전한 것이 기업이다.
· 1분 웃으면 10분 에어로빅 효과가 있다. 웃으면 성공한다.
· 휴가란 자유의 양을 늘리는 것이다.

□ 성공의 비밀 — **벤자민 프랭크린**

① 성공의 비결은 험담하지 않고 상대의 장점을 드러내는데 있다.
② 사회를 행복하게 해 주는 말 '사랑해, 고마워, 미안해, 잘했어'
③ 넌 항상 믿음직해 넌 잘 될 거야.
④ 네가 곁에 있어 참 좋다.

□ **엄길청** 경제평론가

· 부모와 자녀의 갈등은 건드리지 못하는 불덩어리이다.

☐ 박규재 경제에디터 — 한국 경제의 난제는?

· 고용 없는 성장
· 갈수록 심화되는 소득 불평등
· 수출 대기업에 기댄 양적 성장주의
· 상생경영을 외면한 대기업의 횡포

* 한국 경제 난제 해결방법

성장보다 분배에 가치를 둔 경제민주화에 있는데도 단기적인 경기부양에만 편중적인 집착을 보였으니 풀리지 않는 것은 당연하다.

* 한 획의 기적

· 고질병에 점 하나 찍으면 '고칠 병' 이 되고 마음심에 막대기 하나 그으면 '반드시 필' 이 되고
· 불가능 IMPOSSIBLE은 I AM POSSIBLE
· 빚이라는 글에 점 하나 찍으면 빛이 되고
· 'DREAM IS NOWHERE' — '꿈은 어느 곳에도 없다' 가 'DREAM IS NOW HERE' — '꿈은 바로 여기에 있다' 로.
· 부정적인 것에 긍정의 점을 찍으면 절망이 희망으로 바뀐다.

☐ CEO 좌우명

· 아시아나 박창범 — 효도는 모든 행복의 근본이다.
· 한라공조 신영주 — 뜻이 있는 곳에 길이 있다.

- 재능교육 박성훈 ─ 교육을 통해 보다 나은 삶을 살자.
- 삼성전자 이윤우 ─ 단순한 것이 최고다.
- 머우인터 이태용 ─ 할 수 있는 일을 다 하고나서 천명을 기다리자.
- OTIS 장병우 ─ 걷고 또 걷자.
- 쉴라코리아 윤윤수 ─ 정직하라!
- 한세실업 김동녕 ─ 한 걸음을 늦게 가자.
- 삼성데스코 이승한 ─ 넓게 깊게 안다.
- 국민은행 김정태 ─선비는 자기를 알아주는 사람을 위해 죽는다.
- LG화학 노기호 ─ 선을 따르는 것이 물의 흐름과 같다.
- 대우일렉트 김충훈 ─ 생행습결(生行習結)
- 신한카드 홍성균 ─ 모든 일을 즐겁게 하는 것이 제일이다.
- 포 스틸 김 승 ─ 모든 것은 마음먹기에 달려 있다.
- 골든브릿지 정의동 ─ 아는 것도 어렵고 행하는 것도 쉽지 않다.
- 한진 조양호 ─ 지고 이겨라.
- KT NET워크 이경준 ─ 하늘은 스스로 돕는 자를 돕는다.
- 유한킴벌리 문국현 ─ 세 사람이 가면 그 중에 나의 스승이 있다.
- 동양시스템 구자홍 ─ 기본에 충실하라.
- 대교 강영종 ─ 가르치고 배우고 배우면서 서로 성장한다.
- 동양 현재현 ─ 병사가 교만하면 전쟁에서 반드시 진다.
- 코스닥증권 신호주 ─ 주인의식을 갖고 추구하면 참됨을 이룰 수 있다.
- TYK 그룹 김태연 ─ 하면 된다.
- 강혁건설 신현각 ─ 먼 훗날 좋은 모습으로 볼 수 있다.

- 아산 정몽준 ― 화합은 하지만 부화뇌동은 않는다.
- 이니시스 이금룡 ― 하늘 공경하고 사람을 사랑하자.
- 삼성전자 황창규 ― 죽을 각오로 싸우면 반드시 산다.
- 한화 김승연 ― 겸손하게 살자.
- 국순당 배종호 ― 원칙이 곧 지름길
- 하나투어 박상환 ― 변화를 두려워하는 자는 발전이 없다.
- 마리오 홍성렬 ― 준비를 하면 근심할 것 없다.
- 현대 현정은 ― 매 순간 최선을 다해 열심히 살자.
- 한솔 조동길 ― 겸손하게 살자.
- 코만손 김기운 ― 소중한 것부터 먼저.
- 코오롱 이웅렬 ― 자유롭고 창의적으로 살자.
- CJ CGV ― 촌음도 나의 것
- 미래에셋 박현주 ― 독수리는 조는 듯 앉아있고 호랑이는 앓는 듯이 걷는다.
- SK 최태원 ― 실천이 중요하다.
- 휴맥스 변대규 ― 깊이 생각하고 최선을 다하자.
- 파이언소프트 이상성―남을 대할 때는 봄바람처럼 따뜻하게 하자.
- 안철수 의원 ― 남보다 시간을 더 투자할 각오를 한다.
- 웅진 조운호 ― 하루하루를 새롭게 하고 나날이 새롭게 한다.
- 태평양 서경배 ― 정성을 다하여 노력한다.
- NHN 김범수 ― 꿈꾸는 자만이 자유로울 수 있다.
- SK TEL 기중현 ― 범사에 감사하라.
- NC SOFT 김택진 ― 떳떳할 수 있게 살아야 한다.

- 웹전 김남주 — 디지털세상에서 참선을 창조한다.
- 컴듀스 박지영 — 모든 사람에게 배울 점이 있다.

✳ 삼년지애 — 3년 묵은 쑥(맹자에 나오는 말)

- 큰일을 도모하려면 반드시 긴 안목을 갖고 많은 시간과 열정을 들여 준비해야 한다는 뜻 — 감성관리 편중
- 고질적인 긴병을 앓는 사람이 갑자기 3년 묵은 쑥 구하기 어렵다. — '준비된 사람만이 큰일을 도모할 수 있다' 는 뜻으로 인용.

✳ 역대 대통령 리더십

1. 박정희 대통령—새마을운동 · 강력한 카리스마 · 목표 지향적 의지
2. 김대중 대통령—IMF 극복 · 화합, 사랑 · 긍정적 논리 전개
3. 노무현 대통령—FTA 기반을 닦고 · 역발상 · 원칙과 시스템 중시
4. 이명박 대통령—도전정신 · 실용주의

✳ 현대, 삼성 창업주 리더십

1. 정주영 회장 — 소떼 몰고 북한 간 것
   아침형 인간 · 창조적 예시 — '해 보기나 했어!'
2. 이병철 회장 — 사업보국 정신, 후계자 이건희 택함.
   일등주의정신 · 투철한 장인정신—평생 도장이나 사인으로 결재하지 않았다.

✳ 역대 대통령 졸업식 참석, 국정철학

1. 박정희 — 근대화 — 서울대

2. 전두환 — 치안강국 — 경찰대
3. 김대중 — 벤처육성 — 청와대 초청
4. 노무현 — 이공계 — 카이스트
5. 김영삼 — 이화여대 — 경쟁력(부인 모교)
6. 이명박 — 인천전자마이스트고 — 특성화고교 육성

교수, 정치인, 법조인

교수, 정치인 :

인재근, 니이체, 스티브 잡스, 송호근, 이진석, 정근식, 양무진,
손석희, 최재천, 도정환, 고 이만섭, 이명수, 안철수, 박래용,
김두관, 김부겸, 이광재, 홍창의, 정세균

법조인 :

강일원, 김병노, 김용준, 목용준, 강민구

〈교수, 정치인〉

☐ 인재근 국회의원(고) 김근태 전 의원 부인)

· 혁신도 절박하지만 오해와 분열의 상처가 너무나 깊기 때문에 먼저 화합해야 한다.

✽ 공무원 연금개혁
· 혜택은 늦게 오고 반응은 빨리 온다. ― 정치 논리, 경제논리, 개혁논리.
· 공무원 셀프개혁―고양이에게 생선 맡긴 것이다. 공무원들의 저항 명분 있다

☐ 니이체

· 마음이 불편한 것은 다른 사람에게 의미가 없을 때이다.

☐ 스티브 잡스

· 나는 아이들 하고 함께할 시간이 없었다. 그게 미안하다.
· 나무를 가장 심기 좋은 때는 20년 전이고 다음은 지금이다.
  ―아프리카 속담

□ 송호근 서울대 교수

· 지금의 현실 ─ 구한말 패망 직전과 흡사함.
· 내부의 분열과 갈등에 밀려 미래비전 논의 없음.
· 머리만 비대해졌지 미래정신은 비어 있는 게 지금 우리의 초라한
  자화상이다.
· 역사에는 지름길이 없다.

□ 이진석 서울의대 교수

＊ 아이들이 국가다.

· 놀이터에 아이들 노는 소리 사라진 나라 미래 없다. 아이들 학원
  밖으로 내보내고 억지로라도 친구들과 어울려 놀게 해야 아이들
  이 건강해지고 행복해진다. 그래야 타인과 더불어 살아갈 줄 알
  게 된다.
· 세월호 자체 사고보다 사람들을 더 진저리치게 만든 인면수심의
  말과 행동도 사라지게 된다.

□ 정근식 서울대 교수

· 불 끄는데 급하다고 휘발유 부어 불 끄나! ─ 문체부장관 지명에
· 물은 만물을 이롭게 하면서도 다투지 않는다.
  냉소가 팽배해지면 분노로 표출된다.

□ 양무진 북한대학원 교수

· 통일부는 정부 스스로가 반 통일부, 남북관계 검토부, 청와대 브
리핑부로 만드는 것 아닌지 고민해보아야 한다.

□ 손석희 JTBC 앵커

· 건전한 시민 편에 서는 언론이 목표.
· 불가능하다면 제가 실패한 언론인이다.

□ 최재천 교수 — 비빔밥의 통섭과 통찰

· 강한 자가 살아남는 것이 아니라 살아 남은 자가 강한 것이다.
· 이기고 싶다면 경쟁자보다 한발자국 먼저 나가면 된다.
· 새크로피아나무는 개미와 서로 방호해주는 상생관계이다.
· 비빔밥은 최고의 통섭이고 한국인처럼 통섭의 인종은 없다.
· 소통은 원래 잘 안되는 게 정상이고 소통의 노력은 필요한 쪽에
서 악착같이 노력해야 성공한다. 가장 어려운 소통이 세대 간의
소통이다.
· 번식은 소통 없이 불가능하고 종족을 번식하기 위해 노력한다.
· 언어는 많은 사람이 쓰면 언어가 되고 기우제는 실패한 역사가
없다. 비 올 때까지 지내니까.
· 알면 사랑한다, 맺은 말 — SBS, I LOVE 人
· 지금 교육정책은 국민 절반은 과학, 또 절반은 인문학 몰라도 된

다는 것.

- 대학은 직업 훈련소 기능도 제대로 못해 문, 이과, 통합교육 이과 축소는 알맹이 빼 놓은 교육이다.
- 진리에 인격이 있다면 진리는 우리가 만든 학문의 경계를 존중 해줄까?
- 소통해서 돌고래를 제주도 바다로 돌려보낸 일이 가장 큰 업으로 생각된다.

□ **도정환** 교수

- 인문 사회과학 경계 허물기, 말만 요란, 문명이 직면한 문제 풀려면 두 과학융합이 필요하다.
- 지식의 수명이 짧아져 대학에서 배운 지식은 2, 3년밖에 써 먹을 수 없다.

□ 고 **이만섭** 전 국회의장

- 사람과 정치는 계산하면 안 된다.
- 정치는 가슴으로 해야 한다.
- 유신반대로 '義' 에 입각한 판단으로 고초 겪음(8년간)

＊ **국민의 3대 3심 요소**

① 국가에 대한 애국심
② 국가지도자에 대한 존경심

③ 역사에 대한 자부심

· 교육의 기본가치는 보수 진보라 해서 다를 바 없다. 경쟁이 아니라 협력, 탐욕이 아니라 생명, 평화, 인권 등 본질적 가치가 교육의 바탕이 되어야 한다.(경향)

□ **이명수** 세명대 교수

· 언론자유는 모든 자유를 자유롭게 하는 자유라고 한다.(5. 27 완)

□ **안철수** 국회의원

· 절체절명의 순간에 실패하더라도 과정이 도덕적이고 나름대로 열심히 최선을 다했다면 다시 기회를 주는 쪽으로 문화가 바뀌어야 한다.
· 실패는 사회적 자산이며 우리 모두를 위해서 실패를 용인하는 문화로 가야 한다.(경북대에서)

* **국회 입성 시**
· 정치란 조화를 이루어 함께 사는 것이다.
· 새 정치는 국민의 삶을 나은 방향으로 바꾸는 것이다.
· 정치개혁은 정당 간 교체가 국민의 삶을 실질적으로 개선시키는 것
· 정치의 주체가 바뀌어야 한다.─적대적인 공생관계를 구축하는

소수 엘리트 정치가 아니라 희생으로 공생적인 정치를 실현하는 다수의 참여정치가 필요한 때다.

- 나는 스텝 바이 스텝으로 일하는 스타일이다. ─정치적 좌표, 진보적 자유주의
- 한국정치의 가장 큰 문제는 정치를 선과 악의 대결로 생각하는 것이다. (JTBC 회견)
- 물은 어느 순간에 끓는다.
- 잘 가지고 놀다 마지막에 제자리에만 갖다 놔달라. (강용석 통화)
- 새 정치 신개념 정리─민생, 정의, 실천 정치
  ① 민생위주정치 ② 정의로운 사회 만드는 정치 ③ 실천하는 정치

＊ 안철수 새 정치 원칙 세 가지
① 반대만을 위한 반대를 하는 낡은 정치 하지 않겠다.
② 막말로 지지자들에게 상처주지 않겠다.
③ 미래에 대한 비전을 만들어 가겠다.
PS : 지역주의도 낡은 정치이다. 변화에 적극적이고 책임감 있는
　　 보수야말로 새 정치의 동반자다.

＊ 국회 본회의 질문에서
- 정치는 문제를 해결해야 하는데 문제를 만들어 앞의 문제를 덮는 과정이 반복되고 있다.
- 정치는 혼자 할 수 없다.
- 산업화세력도 민주화세력도 각자 존중의 대상이지 적이 아니다.

* 안철수 어록들

· 하나님인들 비판 안 받을 방법 없을 것(노원 보선 출마시)

· 소의는 치병, 중의는 치민, 대의는 치국—즉 소의는 병을 고치고, 중의는 사람을 고치고, 대의는 나라를 고친다.(의국대사)

· 봉하마을 방문 시—2. 6일
  참 따뜻하셨습니다. 늘 진심이셨습니다.

· 새누리당은 냉전시대 고착된 정당, 주요 국면마다 색깔몰이를 앞세워 국민을 분열시킨다.

· 민주당은 반공 저항적 민주주의에 경도된 정당, 운동권적인 폐쇄적인 정당.

· 보수는 새 정치와 대립하는 단어가 아니다. 진보와 함께 새 정치의 동반자

· 경향에 지금까지 내게 맞지 않는 역할을 했다.(10. 22)—정치개혁 꺼낸 것 후회
  이제부터 그냥 하고 싶은 일 하겠다.—경제교육이 전문

* 모범생의 길, 정치인의 길 안철수—경향, 박래용

① 신당 참여시—잘못을 시인하는 용기도 없었고 책임지는 자세도 보여주지 못함.

② 기초선거 무공천 약속—신당 전체를 꽁꽁 결박해 놓고 있다. 모범생은 약속을 지켜야.

③ 미생 이야기—폭우에도 교각 붙들고 사망한 전설. 쓸데없는 명분에 빠져 목숨을 가볍게 여기는 인간은 진정한 삶의 길을 모르는 사람이라 했다.(융통성 부족)

④ 서울대 강원택 교수―안철수는 미디어와 여론조사가 결합한 이미지 정치의 대표적 사례.

⑤ 박상훈 후마니 대표―정치적으로 무엇을 만들어내는 것이 아니라 미디어가 받기 좋은 상품으로 정치하고 있다.

⑥ 안철수는 곱씹어 들어야 한다.―지금 안철수의 새 정치는 약속을 지키는 정도의 수준이다. 약속을 잘 지킨다는 정치는 유리그릇과 같다.

⑦ 정치의 원형이 윤리라면 김수환 추기경과 법정 스님이 했어야 했다.―은총은 만인에게 줄 수 있지만 정치는 모든 사람을 만족시킬 수 없다. 논쟁과 충돌을 피하는 것은 정치가 아니다.

⑧ 안철수 현상은
새로운 패러다임에 대한 희망의 표현이 없다.
한국 정치 개혁에 대한 국민열망 표출이었다.
천지인이 맞아 떨어지는 꼭짓점에 안철수가 있었다.
안철수는 바람이 빠졌어도 안철수 현상은 유효하다.
안철수 현상은 상식과정의 공유를 대표하는 상징이었다.

⑨ 반 여당만으론 안 되어―위기에 대한 민주주의와 민생을 구하고 새 정치에 대한 국민의 갈증을 풀어주어야 한다.
말을 앞세우기보다 작은 것 하나라도 실천해야 한다.
새 정치에 대한 체감지수를 조금씩 높여가야 한다.

⑩ 모범생의 삶은 끝났다.―꽃가마에 앉아 신발에 흙 묻히지 않고 정치를 하는 것은 불가능하다.
기대해서도 안 된다. 그것이 현실이다.
정치는 현실을 본다.―권력은 쟁취하는 것이고 선거는 이겨야 한다. 안철수 맹성을 바란다.

✻ 정당공천 이후

4. 10일 이후 당원의 뜻을 받들어 선거 승리를 위해 마지막 한 방울 땀방울 모두 흘리겠다. —안철수

☐ 김두관 전 경남지사

· 국민은 가난해서 우는 게 아니라 불공평해서 운다.
· 독일정치를 보면서 시스템과 정치지도자, 리더십이 가장 중요하다. —독일 연수 후 귀국하여

☐ 김부겸 전 국회의원

· 진보는 무책임하고 대책이 없다.
· 보수라는 사람들은 베풀고 살아야 한다.
· 야당은 국민의 대안세력으로 자리 못 메김하고 있는 현실. 야당이 정신 차려야 한다.
· 야당의 국민 이미지는 부정적인 정치, 상대편 공격만 해댄다. 발목잡고 대안 없이 욕만 한다.
· 노동 없는 민주주의의 인간적 상처를 먹고 사는 문제 해결해야 참 정치이다.

□ **이광재** 전 강원지사

* **3당이란 — 식당, 서당, 경로당이다.**
  ① 식당은 일자리이고
  ② 서당은 교육이고
  ③ 경로당은 복지관련 정책이다.

□ **홍창의** 가톨릭 관동대 교수

복지정책은 소비복지가 아니라 교육이나 근로복지봉사와 같은 생산복지로 개념을 바꾸어 축소되었으면 한다.

□ **정세균** 국회의원

 · 안보는 여당과 협력하고
 · 경제는 가르치고
 · 여당에겐 정확하게 비판하고 대안을 제시한다.
 · 나에게 정치란 소명이다. 항상 최선을 다하는 도전의 꿈, 끊임없이 도전하라 젊은이여!

* **누구는 되고 누구는 안 되고 하는 덧셈정치와 뺄셈정치하면 안된다.**
 · 김대중 — 절반만 앞으로 나가라!
 · 노무현 — 따뜻한 마음의 소유자 – 정세균 의원

* 유력 정치인 꽃에 비교

· 문재인—튤립, 맑음   · 김무성—카네이션, 흐림

· 김문수—알부쟁이   · 반기문—풍란

· 박원순—장다리꽃, 비바람   · 안철수—벚꽃

· 이완구—비온 뒤 갬, 날씨

※ 정치인에게 최고의 명당은 국민의 마음을 얻는 것이 최고의
     명당이다.

〈법조인〉

☐ 강일원 헌법 재판관(KBS TV 한국, 한국인에 — 7. 13)

· 헌법재판소는 1988년 설립(9명의 재판관, 60명의 연구원으로 구성)

· 엄격하지만 따뜻한 재판관이 되겠다.

· 초창기엔 법률전문가들이 위헌 신청했으나 지금은 개인, 공동,
 복지, 문화, 소원 등 다양하다.

· 사회의 방향을 바꾸는 곳이 헌법재판소다.(사실관계에 의한 단심제)

· 다수의견이나 소수의견 존중—사회 통합 이루는데 기여. 판정은
 사회의 기준이 된다.

· 강일원 재판관은 색약으로 과학자 포기하고 천주교 신부 포기하
 고 서울법대 재학 중 사법고시 합격.

· 공부가 무서웠고 고마웠고 재미가 있었다.

· 정의란—정의의 기준을 세우는 것, 이것이 헌법재판소이다.

- 법학자 : 정의
- 법 : 정의의 결론 못 내리고 있다.
- 정의 기준 : 정의를 추구하는 것은 같지만 바라보는 눈은 다르다.
· 헌법은 법 중의 법이다.
  - 정의의 기준을 세우고 사회가 통합이 되었으면 한다.
  - 법관의 재판은 공정해야 하고 모든 사람에게 공평하게 보여야 한다.
· 좌우명은 - 신독 : 혼자 있을 때 삼가고 지킨다.
             - 역지사지 : 피의자 입장에서 생각한다.
· 서양-상대가 나에게 해주길 바라듯, 내가 상대에게 해주어라.
· 통합과 정의-모두가 고민해야 한다.

☐ 김병노 초대 대법관

· 정의를 위해 굶어 죽는 것이 부정을 범하는 것보다 수만 배 명예롭다.

☐ 김용준 대법관

· 법률가는 바르게 살고 부지런히 일하다 가난하게 죽는 것이다. -
  법률신문 기고에서

□ 목용준 전 헌법재판관(국제중재 전문)

· 나눔과 상생의 정신이 양극화의 해결방법이다.

□ 강민구 창원 지방법원장

· 법원 법정에 사진, 그림, 서예 등 예술작품을 전시하고 음악CD
  를 활용. 예술법정에서 재판(마음을 움직이는 재판)
· 서예, 사진 인용―혼자 가면 빨리 가지만 쉽게 지치고, 함께 가면
  멀리 간다.(함께한 사진―이혼방지 효과)
· '족' 함을 알아 항상 만족하면 평생 욕됨이 없고 그 힘을 알아 때
  맞추어 그치면 평생 치욕이 없다.(서예문에서 민사, 원만하게 해결 효과)
· 냉철한 법률적 판단도 중요하지만 재판 당사자들의 앙금까지 치
  유하는 것이 좋은 재판이다.
· 예술법정은 사법서비스의 수요자인 국민의 생각에서 법정 환경
  을 재설계해 사법부가 국민신뢰를 되찾자는 의도인 것이다.

그 날

최원정 / MC, 황여길, 공민왕, 신돈, 남이 장군, 허준, 성종,
연산군, 인조, 김윤이, 박자청, 정조, 조수상, 흥선대원군,
소현세자, 경종, 유성룡, 한명회, 안창호, 류근 시인

☐ 그 날 〈KBS 1 TV 일요기획〉

-MC : 최원정 아나운서, 류근 시인 외

· 우리가 대한민국에서 어떤 삶을 살아왔고 어떤 삶을 살아야 하나?— 임진왜란 토크 후기에서 — KBS 최원정 아나운서

* 임진왜란

· 16세기 최대전쟁, 30만 명 참가 — 황여길 전쟁보고
· 선조의 임진 오판, 일본군사 접성가
· 선조 피난하며 광해군 16세에게 왕권 승계시키려함, 전통무시
· 부산지하철 수안역 공사 중 임진 시 유골 다수 발견
· 낙관하기는 쉬워도 직관하기는 어렵다.
  한몸 피하긴 쉬워도 역사의 기억 피하기 어렵다.
· 임진은 김성일 개인의 잘못이라기보다 모두의 대비 없는 잘못으로 일어났다. 경상도에서 과로사
· 조선은 도발개념보다 방위국방 위주, 조선역사 200년 평화종료
· 일본군 만 팔천 명을 조선군 육백 명으로 대항 — 부산진 함락
· 정유재란 : 1597년 조선 재침략 — 전라도는 꼭 쳐라.
· 도성 떠나는 선조 임진 발발 15일 후 궁궐을 떠남.
· 국가가 망하기 전 역사가 망한다 — 사초폐기, 종묘소실
· 선조는 파주, 개성, 평양, 영변, 의주까지 — 명나라 거절
· 광해군을 세자로 18세 — 선조 41세
· 일본 해병은 승리기록이 없다. 해선은 약해 화포 사용 불가했음.
· 선조와 이순신 — 리더에게 가장 중요한 것은 바로 책임감이다.

□ 공민왕

개혁과 욕망, 고려 마지막 왕 — 명나라에서 받은 시호

· 정도전 : 공민왕 11년 급제
· 똘루게 : 왕 즉위하기 전 원나라 황실에서 공부, 생활하다 폐위
  시 즉위하는 제도

□ 신돈

· 공주 사후 공민왕께서 권력 이양 받아 개혁의지
· 이해관계 없는 인재등용 개혁
· 신돈 죽음으로 개혁 실패, 최영에게 이양
· 개혁파 : 정몽주, 정도전
· 기본질서와 결별은 어렵다 — 류근 시인

□ 남이 장군

· 17세에 무과 합격, 병조판서 2개월 만에 처형
· 살아서 펼치지 못한 젊은 장군 혜성과 함께 사라지다.
· 조선은 활, 중국은 창, 일본은 칼 — 전쟁 시 주 무기
· 세조 13년 나이 27세에 북벌정복, 이시애 난 평정, 4군6진
· 유자광 투서로 정치적 희생, 역모에 장군 없다
· 28세에 병조판서
· 남이 장군 시 북정가 묘 — 남이섬

□ 구암 허준 1610년 『동의보감』 완성

· 2009년 유네스코 등재, 세계 의학서 기여.
· 중국에서 30판 발행, 일본에서는 의서로 모범.
· 허준 스승 유의태 유언 — 자기 시체 해부하여 연구하라고.
· 동양가치관 — 머리는 하늘, 몸은 땅이다.
· 허준은 서자 출신, 어머니도 서녀.
  입지전 인물로 시기, 질투, 견재 받음.
· 1590년 왕자 천연두 치료, 선조 벼슬 명, 광해군 중병치료.
· 선조 동의보감 편집방향 지침 하명 — 의서 편찬은 세종만큼 공
  로가 크다.
· 선조 피난 시 의주까지 동행
· 한글 이용 동의보감 백성이 쓸 수 있도록 함.
  ① 수양—심술치료 ② 색심처방 ③ 약 분량
· 하루 천 번 입속 침을 삼켜라 — 허기 채우기
  — 흉년전쟁 대비한 의학, 식사방법
· 1608년 선조 사망 — 책임대두 귀양
· 72세에 동의보감 완성, 1613년 광해군 때 승진
· 정, 기, 신 : 자연에 순응하라 — 현대의학의 의성
· 양, 생 : 병이 들기 전 예방하라 — 마음의 수련 수신하라.
· 동의란 중국 북쪽 의와 남쪽 의를 칭. 같은 의미로 동의라 함.
· 동의보감이란 주어가 의사가 아니라 환자이다.
· 세종대왕 — 한학 집성방 편찬

□ **성종** 호학군주, 여색 즐김

- 정사에는 집중, 왕비, 후궁 교육용 책 왕실규범 편찬 − 조선시대 남존여비사상 기초가 됨.
- 인수대비명 − 내 시작은 창대하였으나 끝은 미미했다.
- 조선 삼대서예가 : 안평대군, 한석봉, 추사 김정희

□ **연산군**

- 정통성 왕위계승 − 학문 좋아했던 부친 성종,
- 성종 후궁 어머니 처벌
- 사초 연산군 4년 만에 자신에 대한 잘못 기록보고 사초 기록자 김실손 처벌
- 유자광에게 사초기록, 조선왕 중 사초기록 열람 최초
- 조선시대 기녀제도 확장
    − 흥청 : 왕의 눈총 받는 것, 국왕기녀(예쁘고, 노래, 명랑)
    − 흥청 장록수 최고기녀 황진이
- 대신도 모두 적으로, 연산군이 능욕한 것은 용서 못함
- 임사홍 연산군과 함께 폭정 − 폭정, 역사적으로 성공사례 없음
- 갑자사화 − 부관참시, 투옥, 사형
- 맹목적 관기 − 어머니 기일에도 파티
- 무오사화 − 폭정 강화시켰다.
- 연산군 즉위 12년 만에 폐위−신하들 반란으로 중종 즉위(19세) 중종은 연산군 이복동생, 중종 강제이혼, 장경왕후 후궁

- 장경왕후의 뒷바라지한 궁녀가 대장금이다.—아들 인종 장경왕후 사후 문정왕후가 정식 왕비로
- 신권강화 : 유배—기묘사화,　　　　　· 조광조—성리학
- 홍청망청—운평과 홍청은 기생의 다른 이름, 홍청 불러 경회루 연회
- 기생 홍청들이 국가 망치게 한다고 망국이라 하여 홍청망국으로 부르던 것이 홍청망청으로 부르게 됨.

□ 인조

- 병자호란—청나라 왕 앞에서 무릎 꿇은 인조, 청나라와 형제관계에서 군신관계로, 굴욕을 감수했던 인조. 인조 37년 청 강화침범, 4일 후 남한산성, 47일 전쟁 인조 항복
- 항복의식—자기 몸 묶고 무릎 꿇는다, 남문으로 못 나오고 곤룡못 쓴다.
- 삼배구고두례—황제와 신하가 행하는 행사(중국 청나라 시대에 황제나 대신을 만났을 때 머리를 조아려 절하는 예법)
- 인조—병자호란 전 강한 모습 보기 힘들었다.
- 해가 빛이 없다—왕이 힘이 없어 보이는 모습, 즉 당시 조선인 비통한 마음.
- 삼전도비—병자호란 시 서울 삼전동에 세운비, 현존하고 있다.
- 척화론—청에 대한 의리 지키는 것
- 피로인—청나라에 간 십만여 명 조공, 금 식량주고 데려오는 것
- 인조는 청나라에 항복한 것, 반성은 있는데 사과는 없었다.

□ 대동법 — 김윤이 실시

- 조세제도 실현, 투명성, 이원식 대동법 최초 실시
- 경복궁—태조 창건
- 창덕궁—태종이 창건—왕자의 난 이유
- 서울 5대궁—경복궁, 창덕궁, 덕수궁, 창경궁, 운현궁
- 궁 전문건축가 박자청—임진 후 창덕궁 재건
- 왕 즉위식—인정전에서, 선청전—유일한 청기와 지붕
- 장옥정은 후궁으로 왕자 순산, 장희빈 이후 후궁은 궁 출입 불

□ 정조

- 사도세자 죽음을 본 정조—강력한 혁신을 위해 인재양성 목적으로 규장각 창건.
- 청의정—초가정자, 현존하고 있음.
- 춘장제—과거 시험보는 곳
- 낙선제—이방자 여사 헌종의 마지막 산고
- 승정원—국정비서실   · 도승지—비서실장
- 세종 때 승정원일기 작성 시작 : 국왕의 언행, 사생활, 모두 기록, 날씨, 국정전반—작성자는 주서 2명, 속기록 작성 후 재정리
- 승정원일기 표지는 삼베 사용
- 1777년 이후 288년간 기록, 단 정조시 사도세자 기록 15일 삭제
- 번역—현재 400권 완역 완료, 편역에 정권수 4000권 예정, 현 속도로는 100년간 번역 예정.

- 초서를 정서로 정리 후 번역하고 있다.
- 최초 활자본 : 직지심체요절
- 승정원일기는 역사적 금맥이다. 승정원일기는 녹화용이라면 이 조실록은 편집용으로 비유.

✻ 조선의 교육열

- 보양청, 강원청, 세자시강원─미래의 왕이 될 세자는 떠오르는 태양이었다.
- 영조와 사도세자─2살 때 사도세자 책봉, 돌에 63자 해독
- 42세에 세자 얻음, 맞춤형 교육.
- 왕세자도 한 달에 두 번 회강 시험, 영조는 시험테스트 함.
- 양녕대군 폐위는 불성실 때문, 연산군은 성적 나빠 늦게 성균관 입학.
- 영조는 10세 사도세자가 문과를 원했으나 사도세자는 무과를 원하여 갈등 생김. 사도세자 죽은 후 과한 사랑 느낌.
- 사대부 가정에선 조부, 외조부가 교육 담당했다.─조선
- 양아록─이문건, 조선 최초 육아일기
- 조수상─83세 과거 급제
  내 나이 묻지 마오. 내 나이 60년 전 23세였다오.
- 정순재─86세에 과거시험 합격
- 신사임당 아들 율곡은 9번 과거시험 응시, 모두 합격
- 성균관─국립최고 교육기관
  성균은 덜하면 더해주고 더하면 덜해준다는 뜻
- 조선 502년 동안 348회 과거시험─인재등용

- 시험이란 인생의 나의 나이테다. 시험이란 미래인재를 키우는 도구.

- 전국 역사교사들이 정한 그날, 역사적 순간—최원정 아나운서
- 역사 속 숨은 이야기—이윤석 개그맨
- 상상은 과거 현재 미래를 잇는 거대한 사이클이다.—류근 시인
- 역사는 살아있다.—최태성 교사
- 임진왜란은 되풀이 되어서는 안 되는 국가적 재난이었다.—신영주 교수

✱ 역사교사 선정 이조 삼대사건
① 정조의 승화 – 정조의 사인, 48세
② 갑신정변 – 실패한 혁명, 성공한 난
③ 동학란 – 왕의 권력에서 벗어난 대군들의 장수

☐ 흥선대원군 민생을 위한 개혁, 부활시킬 인물

- 외로울 때는 역사 관련 책, 괴로울 때는 종교 관련 책, 즐거울 때는 문학 관련 책을 본다.—류근 시인
- 대동법—가진 만큼 더 내는 조세법
- 조광조—대간들의 개혁—취임 3일 만에 시작

✱ 역사교사 선정 부활시키고 싶은 인물 3인
① 정약용 ② 정도전 ③ 이순신

· 과거를 잘 판단함으로써 미래를 예측 판단할 수 있다.

· 천하에 두려운 것은 백성뿐이다. —허균

· 고구려, 신라, 백제싸움은 한강을 차지하기 위해서였다.

· 한국사를 공부하는 사람은 구석기시대 천문가다. —최태성 교사

* 시대적 문화유산

한글, 석굴암, 조선실록, 창덕궁 외 경복궁, 팔만대장경, 아리랑

□ 소현세자(인조의 왕자)의 죽음 — 근대화 지연

· 기억하기 싫은 역사는 되풀이하기 싫은 역사이다.

· 조선에 개혁이 좀 더 빨리 시작되었으면 더 빠른 발전되었을 것

· 이념보다는 실존의 삶의 비중이 더 높다.

· 오늘을 살아가는 아쉬움, 소통 그 자체였다.

· 개혁과 변화에 관심 많은 역사가들

□ 경종 — 가장 길었던 세자생활 19년, 불행 끝 행복시작

· 숙종인 아버지의 의견 존중하고 백성을 위한 정책실시.

· 어머니 장희빈의 명예회복을 위해

· 왕은 아버지가 아니라 정치인이다. —류근 시인

□ 유성룡 징비록 집필

· 조선의 1급비밀문서, 조선과 명과의 관계

- 3대 대첩―청주성, 한산도, 진주성(명과 싸워 이긴 것을 대첩이라 한다.)
- 징비록의 집필이유―전쟁의 반성
  ① 전쟁의 실패원인을 밝히려 한 점
  ② 칭찬은 냉정히, 비판은 엄격하게 해야
- 징비록을 통해 임진왜란 진실 일본에 알려짐.
- 임진 7년 기록 상세하게 기록, 묘사력 감탄
- 조, 명연합군 평양수성 총책임자 유성룡―전쟁의 참화 기록
- 이순신 최후까지 기록, 1598. 11. 19 전사―이순신 진면목 알린 징비록
- 조선훈련도감 작성―조선 병역제도의 혁명, 조선 최초 군 직업 훈련시킴, 뼛속까지 양반특권의식 해결
- 강화 협상―명과 일본협상―유성룡 반대하다 입장변경
- 병역제도 개선으로 유성룡 탄핵빌미 제공
- 끝까지 조선의 이익을 위한 유성룡
- 6년간 집필, 66세에 안동에서 별세
- 통렬한 자기반성, 나라 걱정, 백성 걱정, 자리 부끄러워
- 역사는 음식과 같다. 배우고 느끼고 깨닫고 실행해야 한다. ―류근 시인

☐ 한명회 (4. 5)

- 계유정란의 책략자
- 수양대군(세조) 왕위 계승시킴(세조, 예종, 성종 3대에 권력 중심부에)
- 담금질―한명회가 고문한 것

· 수양대군은 무인형, 안평대군은 문인형
· 낮에는 안평대군, 밤에는 수양대군과 함께—류근 시인

☐ 도산 안창호(1878~1938)

· 우리 국민은 학력이 없다. 일하라, 공부하라. —1918년
· 철저히 준비하고 목적을 달성하자. 인격개발을 통해 사회개발하고 기여하자.
· 국가 독립에 기여코자 흥사단 창설, 무실역행, 창의용맹으로 실천
· 실천하는 지식인이 되어라. 탁상공론을 피하고 먼저 몸소 실천하라.
· 투옥—내가 민족을 위해 한 일이 없어 부끄럽다. 농담으로도 거짓말을 마라.
· 도산은 과거의 인물이며 현재의 인물이며 미래의 인물이다.

낭만논객

김동길, 김동건, 조영남, 토마스 풀러, 박종호,
베이컨, 소크라테스, 정경화, 장준하, 케네디,
박태환, 간호사, 간디, 아인슈타인

□ 용서는 신의 영역이다

– 2014. 12. 18. TV조선

- 독일수상 빌리브란트—유태인 위령탑에서 용서 구함
  일괄되게 용서구하는 독일—일본과 대비된다.
- 사람은 누구나 용서받을 수 있다.
  용서를 않을 사람이 용서를 해야 할 때가 있다.—토마스 풀러
- 서로 용서하고 용납해야 건전한 사회로 나간다.
- 넓은 마음으로 용서해라. 용서는 신의 영역이고 용서는 포용
  이다.
- 반성하고 용서해도 앙금 갖고 살아간다.—보통의 사람들
- 용서 않고 마음병으로 살면 스트레스로 내 몸에 용서가 병으로
  돌아온다.—박종호 건국대 교수
- 복수할 때보다 용서하는 것이 복수한 것보다 훨씬 위대하다.—베
  이컨
- 용서 못하는 것은 자해를 하고 있는 것이다.—차동엽 신부

＊ 사랑과 관용으로 용서하고 살아라.

＊ 결혼이란

- 결혼은 시작과 동시에 과거는 끝이다.
- 악처를 만나면 철학자가 되고 선처를 만나면 행복해진다.—소크라
  테스
- 감성적 영양소—관심이 사랑의 표현
- 길가에 돌부처, 헐벗고 마주보고 있지만 평생 이별이 없다.

- 결혼은 완벽하지 못한 남녀가 만나 완벽해져 가는 것이다.
- 결혼은 부족함을 서로 채워가는 것이다.

＊ 단점과 장점

- 음악은 소리로 표현한다. —정경화
- 음악은 예술이 아니라 수학이다. —조영남
  각종 악기마다 악보가 다르나 연주 땐 같은 연주로 맞아 떨어진
  다. (베토벤 작곡—단점 최대 활용)
- 사회적으로 만점일 줄 모르나 가정적으로 빵점이었다. —장준하 —
  자식에게
- 성공하기 위해선 단점을 더 많이 이야기해 단점을 장점으로 바
  꿔야 한다.
- 단점과 장점은 그게 그것이다. —조영남
- 안중근 의사도 울분을 못 참아 의거—정의감이 넘쳐도 아무나
  못함
- 단점인 고집으로 성공하면 장점으로 승화된다. —김동건
- 성숙한 언론-재클린이 흡연가이나 어린이들에게 영향 미칠까봐
  보도 안한 점
- 한번쯤 되돌아보아야 할 우리 민족성—김동길

＊ 빨리 빨리 문화

- 수단과 목표가 왜곡되는 경향이 있다.
- 서둘러서 된 것이 있지만 역주행이 문제다.
- 단점도 장점이 많으면 커버된다. —케네디

· 바람직한 삶은 장·단이 보완되는 삶이다. —김동길

□ **김동길 교수** 시사토크—TV조선(2014. 7. 7)

✻ 다른 각도에서 보면
· 나라를 위한 야권의 주장과 의견에 큰 차이 없다.
· 안철수 국무총리 지명하라고, 야권에도 좋은 인물 많다. 야권과 차별하지 마라.

✻ 박 대통령께
· 여당과 야당에 협조구하라.
· 허심탄회하게 조언을 구하라.
· 대한민국이 무너지면 야당의 존재의미가 무엇인가?
· 대한민국이 잘되기 위해 야당도 권면해야 한다.
· 나라를 위해 같이 손잡았으면 한다.

✻ 미래엔…
· 민족의 앞날과 세계평화를 바라보는 젊은 세대가 나와 부정부패가 없는 정치 자유민주주의를 이루어가는 날이 멀지 않다고 본다.
· 단점에 관심 갖지 말고 장점에 관심 가져라!

✻ 희로애락
모자만 떨어뜨려도 싸우는 민족이다.

- 2014년 한국을 괴롭힌 인물은 유병언
- 아무리 큰일이 터져도 망각의 힘이 있어 살아간다. —김동길
- 망각해선 안 될 일 '美' — 진주만을 잊지 말라.
- 장애인 어머니 소원 "내 자식 죽은 후 내가 죽는 일이다"라고.
- 통일은 어느 날 자고나면 우리 곁에 와 있을 것이다. —김동길
- 누구나 인생의 마지막 장이 있기 마련이다. 나는 내 인생의 낙서의 장으로 만들고 싶다. —김동길
- 인생 이야기, 시국 이야기 행복한 시간이었다. —김동건 아나운서(45회째 토크에서)

＊ 추억의 도시락(15. 1. 22)
- 미인과 살면 3년이 행복하고 음식 잘 하는 아내와 살면 30년이 즐겁다.
- 일일 일식하면 일식님, 일일 이식하면 이식이, 일일 삼식하면 삼식놈이라고…
- 남자의 마음을 얻는 길은 여자의 음식 솜씨에서 나온다.
- 무의식적으로 아내 음식솜씨 어머니와 비교마라. 어머니 음식맛 따라가는 아내 없다.
- 국내외 어딜 가나 어머니 음식만 먹는다. —박태환 수영선수

＊ 정상과 비정상
- 종교전쟁은 핵전쟁보다 무섭다.
- 교육환경으로 비정상하기 어렵다.
- 시대에 따라 달라지는 정상 비정상이다.

- 운동선수들의 문신 이해하기 힘들다.
- 동성애 동성결혼은?
  - 상식으론 이해하기 힘드나 그래도 앞으론…—김동길
  - 현대 미술가 중 동성애자가 많다.
- 대다수의 정상보다 약간 비정상이어야 출세하기 쉬운 것도 있다.—발명가들(에디슨, 아인슈타인, 호킹 등)
- 정상과 비정상 가르는 것은 권력이다.—판단하는 자 사회비판자
- 지배계층이 사회활동 비정상으로 하는 것—부정적 공직자 많음
- 나라 위해 생활자체도 정상화 되어야!—취미생활 해야
- 비정상의 정상화 외치면서 동생들 만나지 않는 대통령도 비정상
- 집안부터 인간관계가 정상화 되어야 사회가 정상화 되어간다.— 효도만 해도 정상화된다.
- 제멋대로 행동하는 것이 비정상이다.
- 가정이 바로 서고 상식에 맞는 행동하면 정상이다.—김동건

✳ 생명의 탄생

- 두 자녀 생일 같은 날 탄생—김동건
- 새 생명 태어나는 순간은 숨죽인다.—산부인과 간호사
- 제왕절개란?
  시저가 태어날 때 절개하여 탄생에 비유—시저는 곧 제왕이다.
- 신생아 한 사람 탄생 유발 효과는 12억 6천만 원이다.
- 어린이는 위대한 탄생, 키우는 전 과정이 신비하다.—김동건
- 베토벤의 부모는 셋째까지 유전으로 인한 애들이었으나 넷째가 베토벤이었다.

- 생명은 소중하다. 그러나 그 생명을 키우는 일은 더 위대하다.
- 이륙한 비행기 한 생명 탄생을 위해 회항하여 출산 성공—연료 4천만 원 버리고!
- 보육교사에 대한 국가나 사회의 관심 더 필요한 시대다.—처우 개선, 교육 등

* 테러, 국제테러—영토와 종교전쟁(3. 26 TV조선)

- 역사라는 것은 역사 속에만 있는 것 아니다.—조영남
- 인간의 본성에는 잔인성이 있다.—김동길
- 테러공포 이기는 법
  - 위협에 맞서 나서는 정치인이 있어야!
  - 강경하게 맞서고 대처해야.
- 이에는 이, 눈에는 눈으로 대하면 모든 세상이 뒤집어질 것이다.—간디
- 평화는 힘에 의해 이루어지고 이해에 의해 이루어져야—아인슈타인
- 지도자들의 극단적인 생각, 테러 없어질 수 있을까?—김동건
- 춘설이 난분분하니…… 매화는 언제, 시국과 비교—김동길
- 우리사회는 우리가 지켜야—테러 지키는 최고의 길—김동건
- 테러에 굴복 않는 평화로운 세상을 위하여 모두 함께!

* 사주팔자(4. 2)

- 사주는 주역, 명리학에서 팔자가 태어난다고!
- 관상은 성격, 운명이 결정된다고 믿는다.
  - 미래를 알려고 하는 욕망은 동서양이 같다.

— 프랑스는 문교예산보다 점보는 예산이 더 많다.

· 한국정치는 점치다.—정치인

· 긍정적 한마디에 자신감이 생기기 때문에 점을 본다.

· 운명을 향해 도전의식이 없고 조상 탓한다. 운명이 결정한다는 것은 책임회피이다.

· 점은 위로하기 위해서 존재한다.

· 관심불여심상—운명과 팔자는 마음먹기에 달려 있다. 마음먹기에 관상이 바꾸어진다.

명 언(국내외 좋은 글)

국내 : 김준형, 차동엽, 함세웅, 대한항공 전 사장, 경비원, 정보석,
　　　송천, 추사 김정희, 유희열, 성우 스님

국외 : 로빈슨, 존슨, 키케로, 헤르만 헤세, 부데르 뭬그, 아인슈타인,
　　　파스칼, 오스카 와일드, 카터, 괴테

〈좋은 글월〉

* 독행불참영獨行不慚影 **독침불괴금**獨寢不愧衾

　밤길을 홀로 걸을 때는 그림자에 부끄러움이 없어야 하고 홀로 잠을 잘 때도 이불에 부끄러움이 없어야 한다. 즉 남들이 보이지 않는 곳에서 부끄럽지 않은 삶을 살 수 있도록 노력하며 살아야 한다.

□ 김준형 교수

- 태도의 차이―성공한 자들의 태도는 무언가 다르다.
- 끝없는 연습과 단련―최선을 다해 인생을 살아야 한다.
- 말은 한다고 하지만 말하는 것이 아니고 듣는다 하지만 듣는 것 아니다.―대통령 불통의 리더십은 안팎을 가리지 않는데 대해

□ 마음의 글

- 밀운불우 : 짙은 구름만 끼어 있으나 비가 오지 않는다. 어떤 일이 징조만 있고 그 일이 이루어지지 않고 있다.
- 설비기사 ― 추울 땐 추운 곳만, 더울 땐 더운 곳만 찾아다닌다.
- 어리석은 남자는 아내를 두려워하고 어진 여자는 남편을 공경한다.
- 음식을 먹기 전에 간을 먼저 보듯이 행동을 시작하기 전에 먼저 생각하라. 생각은 인생에 소금이다.
- 많이 배우는 것보다 잘 배우는 것이 중요하다.

- 정치란 국가의 위상과 민생의 활기이다.
- '왜'가 아니라 '어떻게'를 찾아라.
- 작은 승리가 큰 승리 불러온다.
- 실패로 인해 상처받지 마라. 실패를 받아들이고 인정해라. 그래야 실패를 딛고 일어설 수 있다.
- 나는 내가 좋다. = 자신의 자존감, 자긍심을 높인다. ─반복하라!

□ 차동엽 신부 ─ 무지개 원리에서

- 사촌이 땅을 사면 배가 아프다란 속담이 없어질 때 국가의 미래는 한층 높아진다.
- 노인의 삶은 상실의 삶이다. 건강, 돈, 일, 친구 그리고 꿈을 잃게 된다.
- 피할 수 없을 땐 견뎌라.
- 좋은 말은 마음을 열 수 있는 열쇠이다.
- 모르면 경솔해지고 알면 겸손해진다.
- 남을 위하여 베풂이 좋은 것은 알지만 그것을 행하기는 그리 쉽지 않다. 행하여 얻은 기쁨은 행한 자만이 안다.
- 인생에 실패한 사람들은 대부분 그들이 포기하는 그 순간 자신이 성공에 얼마나 가깝게 다가왔는지 깨닫지 못한다. 한마디로 골대 앞에서 넘어지는 격이다.
- 행복은 이웃에게 전달된다.
- 행복의 모습은 불행한 사람의 눈에만 보이고 죽음의 모습은 아픈 사람의 눈에만 보인다.

- 받는 기쁨은 짧고 주는 기쁨은 길다.
- 넘어지지 않고 달리는 사람에겐 박수를 보내지 않는다.
- 남의 재물을 훔친 사람은 지옥에 가고 남의 슬픔을 훔친 사람은 천당에 간다.
- 남편의 사랑이 클수록 아내의 소망은 작아지고 아내의 사랑이 클수록 남편의 번뇌는 작아진다.

✽ 서비스 철학

- 대한항공 전 사장─웃음은 국경과 인종을 초월하는 최고의 언어이다.

□ 함세웅 신부 ─ 평화와 민주가 범죄인 나라

- 자주 민주 평화통일에 대한 개인적 신념을 가진 존중받는 아름다운 미래를 꿈꾸면서…
- 가난과 싸워 이기는 자는 많으나 재물과 싸워 이기는 자는 적다.
- 먹이가 있는 곳엔 적이 있고 영광이 있는 곳엔 상처가 있다.
- 느낌 없는 책은 읽으나마나 깨달음 없는 종교는 믿으나마나 진실 없는 친구는 사귀나마나.
- 웃음소리 나는 집엔 행복이 들어오고 고함소리 나는 집엔 불행이 들어온다.
- 황금빛이 마음에 어두운 그림자를 만들고 애욕의 불이 마음에 검은 그을음을 만든다.
- 고결이란 권세와 이익의 화려함에 가까이 하지 않는 이가 고결한

것이요 가까이 있더라도 물들지 않는 자는 더욱 고결한 것이다.

- 모든 것 과하면 어디선가 터지게 되어 있다.
- 북한에 단 일명의 존엄이 있다면 대한민국엔 오천만의 존엄이 있다.
- 죽음이란 단지 옷을 갈아입는 것에 불과하다.
- 이루고자 하는 것에 얼마나 노력을 하고 있는가?
- 땀과 성공은 비례한다. 인생은 쉼표가 필요하다.
- 완벽한 사람에겐 동지보다 적이 많다.

✳ 경비원

- 의무에 충실하면 나도 편하고 남도 행복해진다.
- 진리는 언제나 인정받을 수 있고 정의는 항상 언젠가는 이루어 진다.
- 명예나 물질은 회복이 가능하지만 시간은 한번 지나가면 절대로 회복되지 않는다.

✳ KBS R

- 인생은 가까이서 보면 비극이요 멀리서 보면 희극이다.

☐ 정보석

- 국민의 삶속에 들어가는 것이 왕도의 정치이다.

☐ 송천 산방한담

· 힘들다를 거꾸로 하면 다들 힘내라로!
· 좋아할 일과 해야 할 일은 다르다.
· 마음을 주고받는 진정한 관계는 마트에서 쉽게 구할 수 있는 것이 아니다. 자판기에서 덜컥 뽑을 수 있는 것도 아니다.
· 세상은 도전하는 자만이 성취할 수 있다.
· 참아라! 이 또한 지나가니 최고보다는 최선을 다하라.
· 5무의 사람은 친구로 삼지마라—무정, 무례, 무식, 무도, 무능
· 새장으로부터 날아간 새는 붙잡을 수 있으나 입에서 나간 말은 붙잡을 수 없다.
· 못난 소나무가 고향선산 지킨다.
· 꽃은 피어도 소리가 없고 산새는 울어도 눈물이 없고 사랑은 불타도 연기가 없습니다.
· 똑똑한 자식 국가의 자식, 잘 키운 자식 장모의 자식, 잘못 키운 자식이 내 자식이다.

☐ 추사 김정희

· 세한도에는 세한연후 지송백지후조야 : 못난 소나무 선산시키고, 못난 소나무가 부모의 산소를 지키고, 고향을 지키는 것이다.
· 못난 소나무도 모이면 숲이 되고 서로 지지하고 응원하는 못난 소나무가 우리였으면 좋겠다.
· 인간에 대한 관심이 창의를 가져온다.

- 지속적인 사회는 더불어 함께 사는 사회가 되어야 한다. ─ 정도
  전에서
- 모든 것을 다주어라. 그러면 부처님이 채워주신다. ─ 스님
- 내 몸에는 아빠의 피가 흐르고 있다. ─ SBS 스타킹 출연자

☐ 유희열 작곡가

- 태도가 좋은 친구는 함께할 시간이 길어 노래를 잘하는 친구보
  다 태도 좋은 친구를 선택한다.
- 갓 태어난 아이는 손을 꽉 부르쥐고 있지만 죽을 때는 손을 펴고
  있다.
- 시간의 아침은 오늘을 밝히지만 마음의 아침은 내일을 밝힌다.
- 남에게 듣기를 좋아하는 자는 스스로 자신의 지식을 충족케 하고
  자기 주장만 옳다고 하는 자는 자기의 식견을 좁게 한다. ─ 불경
- 사람은 평생을 살면서 하루는 저녁이, 일 년은 겨울이, 일생은 노
  년이 여유로워야 한다.
- 무엇보다 살기 좋은 사회는 믿고 신뢰하는 사회다. ─ 경향정동칼럼

☐ 성우 스님

- 밝은 마음은 밝은 눈을 가진다.
- 진정한 의미에서의 친구란 아무 말 없이 오랫동안 같이 있어도
  불만하지 않는 사람이다.

〈해외어록〉

☐ 미국 대통령 바위얼굴조각 / 로빈슨

1923년 역사학자 로빈슨이 로키산맥 연봉바위에 보글링이 조각
① 조지 워싱턴 초대 대통령
② 토마스 레퍼슨 독립선언문 기초
③ 링컨 남북전쟁 승리, 노예제도 개선
④ 루즈벨트 대통령, 서부자연보호, 파나마운하 구축

☐ 존슨 미 17대 대통령 — 무학

· 여러분! 저는 예수가 초등학교를 다녔다는 이야기 들은 적 없다.
  그렇지만 만 인류의 지도자 영원불멸의 지도자로 우리의 마음에
  남아 있다.
· 행복은 세상을 바라보는 긍정적인 틀이다.
· 긍정적인 생각 없이 우리는 어느 한순간도 행복해질 수 없다.

☐ 키케로

· 어리석은 자의 특징은 타인의 결점을 드러내고 자신의 약점은
  잊어버리는 것이다.

□ 헤르만 헤세

· 구원의 길은 우측으로도 좌측으로도 통해있지 않다. 그것은 자기 자신의 마음으로 통한다. 거기에만 선이 있고 거기에만 평화가 있다.

* 명심보감

· 지극한 즐거움 중 책 읽는 것에 비할 것 없고 지극히 필요한 것 중 지식을 가르치는 일 만한 것이 없다.

□ 부데르 뵈그

· 희망이 도망치더라도 용기는 놓쳐서는 안 된다. 희망은 때때로 우리를 속이지만 용기는 힘의 입김이기 때문이다.

□ 아인슈타인

· 성공한 사람이 아니라 가치 있는 사람이 되려고 노력하라.

□ 파스칼

· 자기에게 이로울 때만 남에게 친절하고 어질게 대하지 마라.
· 지혜로운 사람은 이해관계를 떠나서 누구에게나 친절하고 어진 마음으로 대한다. 왜냐하면 어진 마음 지혜가 나에게 따스한 체온이 되기 때문이다.

□ 오스카 와일드

· 영혼은 늙게 태어나 젊게 성장한다. 그것이 인생의 희극이다. 육
 체는 젊게 태어나 늙게 성장한다. 그것이 인생의 비극이다.

□ 카터 전 미 대통령

· 후회가 꿈을 대신하는 순간부터 우리는 늙기 시작한다.

＊ 아프리카 격언

· 빨리 가려면 혼자 가고 멀리 가려면 함께 가라. —15. 1. 1 경향사설

□ 괴테

· 꿈을 품고 뭔가 할 수 있다면 그것을 시작하라. 새로운 일을 시작
 하는 용기 속에 당신의 천재성과 능력과 기적이 모두 숨어 있다.
· 스스로 할 수 있거나 꿈꾸는 일이 있거든 당장 추진해라.
· 대담함 속에는 재능과 힘과 신비함이 모두 깃들어 있다.
· 서두르지 말되 멈추지도 말아라.
· 성공에 필요한 것은 그 무엇이다. 그 무엇이 바로 '나는 해내고
 말았다' 라는 의지이다.
· 인간은 보이는 대로 대접하면 결국 그보다 못한 사람을 만들지
 만 잠재력대로 대접하면 그 보다 큰 사람이 된다.

문학, 인문학(사람과 글월)

공지영, 이창래, 이창기, 백석, (고) 박병술, 조정래
브라이언 트레이서

□ 시란 사람을 힘나게 하는 것(경향 2015. 1. 16)

- 시인의 슬픔이고 시인을 버티게 하는 것은 쓸모없는 짓에 최선을 다하는 것이다.
- 시인들의 시 낭송은 무시무시한 일갈이요 일성인 것이다.

□ 공지영 소설가

- 인간에 대한 예의, 동트는 새벽, 의자놀이 등
- 나이를 먹어 조금 무뎌졌고 조금 더 너그러워질 수 있으며 조금 더 기다릴 수 있습니다.
- 사랑이 그럴 수도 있지 하고 말하려고 노력하게 됩니다.
- 고통이 와도 언젠가는 설사 조금 오래 걸려도 그것이 지나갈 것임을 알게 되었습니다.
- 기억 위로 세월이 덮으면 때로는 그것이 추억이 될 테지요. 삶은 우리에게 가끔 깨우쳐 줍니다.
- 머리는 최선을 다하고 있지만 마음이 주인이라고—공지영의 『빗방울처럼 나는 혼자였다』 중에서(8. 2)
- 24살 운명처럼 다가온 구로공단, 작가의 길로 이끌었어요. 육체의 고통 못잖게 차이를 극복하는 것이 어려움이었다.
- 방황하던 대학시절 광주 민주화 운동 진실 알고 충격 받아 노동현실 체감했지만 위장취업 들통 나 공장 떠나—동료들에 미안함 남아
- 사랑에 대한 희망 없다면 살아있을 이유 없죠.
- 청년지식인 대거 합류, 새로운 역사 만들어낸 곳 구로공단—더 나

은 세상을 바라보면서

□ 『척 하는 삶』— 이창래 저

· 인간의 가장 큰 욕구는 사랑하고 사랑 받는 것이다.
· 사춘기 때의 가장 큰 심리의 변화는 독립성이다.
· 척 하지 않는 아이 척 하는 것은 과거에 대하여 사는 것이다. 척 하지 않는 것은 미래형이다.
· 진정으로 사랑이 시작되면 척하지 않는다.
· 척 하지 않는 것은 아직 해결되지 않은 삶이다.
· 척 하는 삶은 성장 소설이고 인간연구 소설이다.
· 가장 중요한 삶의 일부는 인간애, 즉 인류애이다.

□ 이창기 시인
『착한 애인은 없다네』 펴냄(등단 30주년)

· 10년 동안 찾은 답—열여덟 소년으로 돌아가기
· 비좁은 닭장에 애비 없이 누군가 낳은 핏자국 무정란 그렇게 진짜 같은 가짜가 시의 시대가 만든 시라고…
· 공동체의 그들은 수시로 파이팅 하고 외친다. 어느 누가 이처럼 간결하고 압도적인 정신을 소유한 적 있는가?—파이팅의 윤리와 자본주의 정신 중
· 무엇이 옳고 그른지, 부끄러운 일인지, 정의로운 일인지 판단하는 마음이 시를 끄집어내는 밑바탕이라고 본다.

- 진보와 보수는 분리수거하라. 인문학의 풍토도, G20도, 경재민주화도, FTA도… 수육 반 접시에 털어 넣는다.
- 평양냉면을 먹는 동안 신자유주의와 금융자본시장을 부러운 눈길로 바라본다.

□ **백석** 시인—재북 시인

- 그의 시는 문인에게만 중요한 것이 아니라 언어학, 민속학, 민족학 측면에서 중요하다.(북방언어)
- 북에 있는 동안 시인이 아니라 농부로 1996년 생 마감.
- 대표시 「나와 나타샤와 흰 당나귀」
- 애인 자야는 요정 대원각 운영하다 청담 스님을 통해 길상사를 만들었다.
- 100억도 백석 시인의 시 한 줄만 못하다. —애인 자야의 말
- 억겁을 뛰어넘는 사랑을 북에서 살다간 백석은 알았을까? —주강현
  아시아퍼시픽 해양문화원장

□ 고 **박병술** 시인, 진도 향토사학자
진도와 진도아리랑, 진도의 시가문학, 진도역사.
오늘을 산다, 바람이 불면 산에 오른다(시집) 등.

- 삶의 기로에서의 결실기에 인생을 마무리하고 삶을 마무리 하자고…
  자식에 짐이 되지 않고 사회에 봉사할 수 있는 길을 가자고 그래

서 택한 길이 향토역사 탐구 결심했다.

내 후손들은 내 뜻을 위해서 사회에 유익하고 해롭지 않은 삶을
살아주기를 간절히 바란다.

나는 앞만 보고 걸어왔고 곁눈질할 틈 없는 삶을 살아왔다.

—죽청 산방 박병술 씀

떠나는 날
—군 입대하며

어머님
이것이 제가 부르는 마지막 한마디 오리까
바람이 스치는 날
왜 이리도 다시 한 번 어머님을 불러야 할 서글픈 한마디 오리까
먼먼 그 젊은 날 깨질 듯한 생명하나 부여받고
성난 노을 속을 말없이 돌아 오셨더란 어머님이었지요.
꺼칠한 자식 이제 이만큼 자라서
삶도 죽음도 기약 없는 길을 따라 어머님 곁을 떠나려 합니다.
하나둘 반짝이는 별빛 속에
말없이 피어난 메밀꽃과도 같은
어머님 잔주름 낀 눈언저리에
말없는 흐느낌만 서리나이까
굳게 다문 붉은 석류 알맹이
알알이 터져 나오는 이 밤
떠나야 할 자식은

또 한 번 불러보나이다.

잔주름 잡힌 우리 어머님, 어머님 하고!

— 1951. 7. 6일 군 입대 전날 밤에 자식 박병 술 씀

6·25 참전 전역 후 화랑무공훈장 수상

□ 조정래 소설가

1970년 소설 '누명' 으로 등단 — 연합뉴스 대담에서

- 과거를 모르는 사람은 과거를 되풀이 한다.
- 중국은 제조업에 바탕을 둔 신 자유경제체제다. —만리장성 포털사이트에 연재 중
- 충고는 우정에 대한 배신이다.
- 3인칭 전자식 글을 써야 독자가 인식한다. 현실은 일인칭 글이 대세이다.
- 말로 지은 원한은 백년 가지만 글로 지은 원한은 천년 간다.
- 최선을 다하면 반드시 이루어진다.
- 요즘 젊은 작가들의 글 10페이지 읽기가 힘들더라. 일인칭이 주인공인 소설만 쓰지 삼인칭이 주인공인 소설을 안 쓴다.

* JTBC 대담에서 (2014. 9. 20)

- 안철수 정치는 정직함이다. 지금은 정치 시험기이다.
- 민주정치는 올바른 참모, 직언하는 참모, "NO" 할 수 있는 참모를 옆에 두고 국민의 소리를 듣고 중시하는 정치이다.
- 작가들의 사회, 정치, 문화비판으로 각 분야가 발전한다. 고로

작가의 역할은 사회 감시 역할이다.

· 성 라자로 마을에서 태백산맥 집필.

✻ 인간의 공통점은

① 태어나는 것 ② 죽는 것 ③ 완벽하지 않은 것

· 열 여자 친구보다 손자 하나가 낫다. 손자는 하나님이 인간에게
  준 마지막 선물이다.

· 김초혜 시인은 와이프—시집 『사랑굿』 백만 부 시판

· 이제는 화해하고 이해하고 용서해야 한다.

· 미당 서정주 시인 친일문제 사과하라고 직언했다.

· 작가는 어느 시대에나 진실을 말해야 한다.

· 소설은 첫 문장과 끝 문장을 정해놓고 쓴다.

✻ 조정래 소설가, 한국, 한국인에서(KBS TV 8. 10)

· 태백산맥 등장인물—270명(필사본 116명)

· 성경도 불경도 아닌 필사본을 가지고 있는 것이 행복하다.

· 『정글만리』는 10년간 소재 준비한 삶의 현장과 현대정세를 썼
  다.—『정글만리』 140만부, 『태백산맥』 170만부 판매

· 며느리도 자식이다.(필사를 썼다)

· 우리나라는 역사상 외침을 931번 당함. 역사의 처절함을 역사적
  관점에서 역사를 화두로 45년간 작가 생활.

· 잊어버리고 싶은 역사일수록 더 기억해야 한다.

· 매는 마지막 맞는 사람이 더 아프다.—심리작용(처음부터 끝까지 맞
  는 기분)

- 일제침략 역사적 아픔 기억해야 한다.
- 야뇨증이 생길 정도로 얼룩진 것이 여순반란 사건이다.
- 절대적인 자유를 확보하는 것이 남북분단을 해결할 수 있다.
- 역사를 모르면 문학을 할 수 없다.
- 『태백산맥』 16,500매 원고지(벌교 중심으로)
- 독자들의 필사본, 민족의 아픔, 분단국의 슬픔, 우리민족 아픔 아직 끝나지 않았다.
- 전라도의 방언과 욕설, 차진 문화이다.
- 지주와 소작농의 갈등에서 화풀이가 욕으로 분출, 원한이 욕으로, 삶의 한을 욕으로, 일제 80% 공출이 욕으로, 한풀이가 욕 문화가 되었다.─태백산맥에 나오는 욕의 연구 논문 나옴
- 글 쓴 감옥에서 나온 기분─죽을 때까지 감옥(글 쓰는 일), 이 생활은 계속 될 것이다. 완성 후 성취감은 하나의 우주를 얻고 황홀감을 얻는다.
- 한강 완성 후 건강 악화, 탈장(건강은 작가에게 지급된다)
- 글이란 영혼을 흔들어 깨우는 것, 감동을 주기 위해 하루 16시간 먹고 자고 이외는 글을 쓴다.(45년의 글쓰기는 처절하고 절절했다.)
  ─ 스님, 면벽참선 자랑마라.
- 아리랑, 광복 50년 완성
- 『태백산맥』, 『한강』, 『아리랑』 완성
- 일제침략, 치욕 잊지 말자!─인간의 본능, 망각의 본능이 있다. 역사의 망각을 아픔으로 잊지 말자. 역사는 내일을 가르치는 나침반이다.

〈인문학〉

□ 좋은 말 나쁜 말

· 말은 건넨 상대가 있고 말은 꼭 돌아옵니다. 좋은 말은 덕으로 나쁜 말은 화로 돌아오게 됩니다.

· 내가 누군가에게 뱉는 말은 평생 꼬리를 물고 나를 따라다니고 때로는 자신을 옭매이기도 한다.

· 입은 화가 들락거리는 문으로 혀는 몸을 베는 칼로 쓰이기도 한다. 그래서 말을 많이 할수록 위험하다.

· 강할수록 상처가 깊어진다. 말속에는 진실만 들어있는 것이 아니고 거짓도 함께 들어 있다.

＊ **각자무치**角者無齒

뿔이 있는 소는 날카로운 이빨이 없고

이빨이 날카로운 호랑이는 뿔이 없으며

날개 달린 새는 다리가 두 개뿐이고

날 수 없는 고양이는 다리가 네 개이다.

예쁘고 아름다운 꽃은 열매가 변변찮고

열매가 귀한 꽃은 꽃이 별로다.

세상은 공평하다. 장점이 있으면 반드시 단점이 있고 아니 단점이 장점이 되고 장점이 단점이 될 수도 있다. 이것이 세상사다.

불평하면 자신은 손해만 볼뿐 세상은 바뀌지 않는다.

뭔가 부족하면 생활은 조금 불편할지 모르나 진정으로 행복을 가져다주는 것은 감사라는 삶의 태도에 있다.

지혜로운 사람은 행복이 감사의 마음에서 오는 것이지 외적환경에서 오는 것이 아님을 안다.

매 순간마다 감사의 조건을 찾으며 살아간다. 작은 일에도 웃어주는 사람은 마음이 큰 사람이다.

☐ 부정적인 감정은 — 브라이언 트레이서

· 편파적인 비판에서 너는 거짓말쟁이 등등
· 사랑의 결핍에서 생긴다.

* 좋은 말들
· 잘 지내는가? · 고맙소 · 수고 했어 · 최고야 ·사랑해
· 고장 난 수도꼭지에서 물 나오듯 감미로운 말이다.

* 거짓말에는
· 그냥 거짓말 · 새빨간 거짓말 · 통계상 거짓말이 있다
· 새하얀 거짓말은 이익 주는 거짓말
· 새빨간 거짓말은 평상적인 거짓말
· 새까만 거짓말은 양심 속이는 거짓말이다.

* 거짓말 열 가지
1위 : 정치인—단 한 푼도 받지 않았다.

2위 : 자리양보 받는 노인─애구 괜찮은데!

3위 : 옷가게─잘 어울려 맞춤옷 같은데!

4위 : 중국집─출발했어요, 곧 도착할거요.

5위 : 음주 운전자─딱 한잔 마셨어요.

6위 : 수석 합격자─학교수업만 충실히 했다.

7위 : 아파트 신규분양─역세권 5분 거리.

8위 : 장사꾼─진짜 밑지고 파는 거요.

9위 : 친구─이건 너한테만 하는 말인데…

10위 : 교장─조회 때 마지막으로 한마디만 더 간단히.

· 거짓말은 한번 하게 되면 계속하게 된다.

✻ 삶이란 그런 것이다.

어제를 추억하고, 오늘을 후회하고, 내일을 희망한다.

수없이 반복되는 습관처럼 어제와 오늘을 그리고 내일을 그렇게
산다.

삶이 너무나 힘들어도 세월은 위로해주지 않는다.

버거운 짐을 내리지도 못하고 끝없이 지고 가야 하는데 어깨가 무
너져 내린다.

한 없이 삶에 속아 희망에 속아도 희망을 바라며 내일의 태양을 기
다린다.

…중략…

언젠가 우리는 그렇게 그렇게 떠나야 한다.

삶이란 그런 것이다. 가질 수도 버릴 수도 없는.

＊ 박사보다 더 좋은 것은 밥사(밥을 사랑)

　밥사보다 더 좋은 것은 술사(술을 사랑)

　술사보다 더 좋은 것은 감사(감사하는 마음)

· 버릴 것은 버리고 샤프하게 사는 습관, 삶의 끝은 결국 빈손이
　니까
· 항상 희망을 잃지 않고 노력한 결과(세종시 골든벨 93대 김진욱)
· 어울리는 삶 ─ 모나지 않게, 모질지 않게, 섭섭지 않게 배려와
　조화로 함께 어우러지는 삶.
· 촛불 ─ 촛불은 희생이 없다면 타오르지 않는다.
　태양은 빛을 발하지만 정작 자신을 보지 못하도록 눈을 가린다.

＊ 인생 교훈
　① 갈까 말까 할 때는 가라.
　② 살까 말까 하는 것은 사지마라.
　③ 먹을까 말까 할 때는 먹지마라.
　④ 줄까 말까 할 때는 줘라.
　⑤ 말할까 말까 할 때는 말하지 마라.

방송, 연예, 유머

최형만, 최병서, 김학래, 송해, 구봉서,
이상벽, 김재동, 김형곤, (건배사),
김혜자, 김수미, 윤정세, 하희라,
최불암, 강부자, 고 김자옥,
션 앤 정혜영

□ 최형만 개그맨

- 행복은 사랑이고 사랑은 행복이다.
- 세상에서 가장 깎기 힘든 머리가 버르장머리이다.
- 냉면 가운데 자르듯 한국도 가운데가 잘려져 있다.
- 부부는 두 종류가 있다. 하나는 원앙의 부부이고 또 하나는 원망의 부부이다.
- 남편은 아내 관심 밖이면 남의 편이다.
- 인생은 빈손이다. 태어날 때 빈손으로 와서 자식 위해 손 닳도록 일하고 잘되라고 양손 합장 기도하고 갈 땐 빈손으로 간다.
- 웃음은 위로 올라가지만 슬픔은 가슴으로 내려와 원망으로 남는다.
- 송해 — 일주일에 한 번 드는 국이 있다. '전국노래자랑' 국이다.
- 친구를 찾는 것은 과거의 기억을 추억으로 미래를 함께 하려고 찾는 것이다.
- 맘짱은 한나라의 몸체와 같다.
- 과거의 후회와 미래의 꿈 사이 현재의 내가 있다.
- 대한민국은 전기밥솥이다. 맛있게 자유롭게 만끽하라. —탈북자께
- 총성 없는 전쟁은 입시전쟁, 취업전쟁, 사랑전쟁이다.
- 강한 자가 살아남는 것이 아니라 살아남아야 강한 자다.
- 쌍둥이는 일란성 쌍둥이와 성형수술 쌍둥이 두 종류가 있다.
- 한가위는 어머니의 품이다.
- 겸손은 땅이다. 겸손은 땅처럼 낮고 밟히고 쓰레기까지 받아들이면서 그곳에서 생명을 일으키고 풍성하게 자라 열매 맺게 한

다. 그래서 밟히고 눌리고 다져지고 아픈 것이 겸손이다. 겸손은 나무도 물도 바람도 아닌 땅이다.

☐ 최병서 코미디언

✽ 고 이주일의 일화
  ① 못 생겨서 미안합니다.
  ② 뭔가 보여드리겠습니다.
  ③ 오신 손님과 소통하는 이주일

✽ 국회의원 임기 끝내면서 / 이주일
- 4년간 코미디 잘하고 갑니다.
- 코미디 때 밤에는 돈만 들어오는데 국회의원 할 때는 돈만 나가더라.
- 2002년 금연 공익광고 마지막 촬영
- 국회에 들어가 보니 나보다 더 웃기는 사람들이 많더라.
- 못 생긴 사람 대통령 된다면 내가 대통령감이다.
- **✽ 분위기를 띄우기 위해서는 자신을 잊어라. ─최병서**

☐ 김학래 코미디언

- 나는 왕년에 잘 나간 사람이다. 아무도 모르게 집을 나왔으니.
- 나는 한때 세상을 주름 잡았다. 세탁소 수십 년 했으니.
- 험한 세상에 내가 웃기는 말에 웃으면 얼마나 행복할까?

□ 송해 — 건강 유지비결

① 대중교통 이용
② 온·냉탕 매일 두 시간 사우나
③ 정해진 음식량 식사 고수

□ 구봉서

· 코미디언이 되기 위해 된 것이 아니고 역할을 하다 보니 호응이
  좋아서 코미디 하게 되었다.
· 최초 코미디 성화 — 오부자
· 오부자에서 막둥이 별명—나이 70 넘어서도 막둥이이다.

□ 이상벽 방송인(이지연 아나운서 부친)

· 3걸의 원칙
  ① 마지막 잔을 마시지 말 걸
  ② 섞어서 마시지 말 걸
  ③ 2차 가지 말 걸
· 이병철 회장이 못 이룬 것—골프, 자식농사, 미풍
· 하춘화와 이주일은 은인 관계이다.

□ 김재동 — 노 브레이크 200회에서

· 우리 정부 비판 우리가 해야지, 누가 하나!

· 자원외교 한다며 2조 원에 사서 200억에 파는 일, 나는 안 해!

· 난 종북 아닌 경북 사람

· 난 겁이 많은 사람, 누가 무릎 꿇으라면 꿇을 것이다.

· 영어에 돈 쏟아 붓지 마세요.

✳ 경향, 12. 9 / 김재동

· 출입국 때 입 다물면 한국인 통역 붙여준다.

· 국방비 40배 넘게 쏟아 부으면서 싸우면 못 이긴대요.

· 국민의 세금을 받고 권력을 위임받고 사는 사람들 마음대로 살면 안 된다.

· 행복해서 웃는 게 아니라 웃으니까 행복하다를 가장 싫어한다.

· 아프니까 청춘이다. 나도 어릴 때 그랬다. ─말도 안 되는 소리

· 조금은 이기적으로 사세요. 그래야 행복합니다.

☐ 유머

✳ 유머는 정신적 비아그라다. 즉 정신적 회춘이다.

· 한국의 삼대사찰과 스님

① 혼외정사─불륜 스님

② 복상사─황당 스님

③ 아뿔싸─조루 스님

✳ 닭 시리즈

· 제일 비싼 닭 : 코스닭   · 제일 빠른 닭 : 후다닭

- 성질 급해 죽는 닭 : 꼴까닭
- 정신줄 놓는 닭 : 헷가닭
- 가장 색시한 닭 : 홀닭
- 가장 야한 수탉 : 발닭
- 집안 망쳐먹는 닭 : 쫄닭
- 시골 사는 닭 : 촌닭
- 가장 날씬한 닭 : 한가닭
- 흥분 잘하는 닭 : 팔딱팔딱
- 가장 천한 닭 : 밑바닭
- 싱싱한 닭 : 파닭파닭
- 마음 가라앉히는 닭 : 토닥토닥
- 심장병 걸린 닭 : 콩닭콩닭

＊ 일곱 유머 시리즈

① 하바드대학 : 하는 일 없이 바쁘게 드나드는 대학

② 동경대학 : 동네 경로당

③ 방콕대학 : 방에 콕 틀어박혀 있는 것

④ 화백 : 화려한 백수

⑤ 마포불백 : 마누라도 포기한 불쌍한 백수

⑥ 장로 : 장기간 노는 사람, 목사 : 목적 없이 사는 사람

⑦ 자공선사 : 지하철 경로석에 정좌하여 눈감고 참선하니 자공선
사 아닌가?

- 긍정에서 명품유머는 남을 웃기는 것이 아니라 세상을 긍정적으
로 해석하는 즐거움에서 온다.
- 맞선 보면서
개새끼 키워 보셨어요?—십팔 년 키워 보았습니다.
이새끼 손가락 이쁘죠?—이년(인연)이 있으면 또 만나겠죠.
- 3소 : ① 마누라가 하는 말에는 － 옳소
② 마누라가 한 모든 일에는 － 잘 했소

③ 마누라가 하라는 모든 것에는 ─ 알았소

＊ 결혼한 여자 ─ 오리에 비유

① 집에서 살림하는 여자 : 집오리

② 돈 벌어오라고 바가지 긁는 여자 : 탐관오리

③ 직장 다니는 여자 : 청둥오리

④ 연봉 많은 여자 : 황금오리

⑤ 남편 용돈 주며 바람피우는 여자 : 어찌 하오리

⑥ 남자 애인이 준돈 살림에 보태 쓰는 여자 : 앗싸 가오리

＊ 머니 머니해도 ─ 돈은 머니

· 도둑이 훔쳐간 돈 : 슬그머니

· 계란 살 때 지불한 돈 : 에그머니

· 생각만 해도 찡한 돈 : 어머니

· 아이들이 좋아하는 돈 : 할머니

· 아저씨가 좋아하는 돈 : 아주머니

· 며느리가 싫어하는 돈 : 시어머니

＊ 다양한 거지들

· 옷 벗고 돌아다니는 거지 : 알거지

· 밥 먹은 후에 돌아다니는 거지 : 설거지

· 항상 폭행만 당하는 거지 : 맞는 거지

· 항상 고개만 끄덕이는 거지 : 그런 거지

· 많이 먹는 거지 : 배부른 거지

- 심심해 미치겠다는 거지 : 할 일 없는 거지
- 모범이 되는 거지 : 바람직한 거지
- 쑥스러운 거지 : 미안한 거지
- 애인이 없는 거지 : 외로운 거지

* 강도들의 3강 5륜
- 삼강 ― ① 택강 : 택시강도 ② 노강 : 노상강도
  ③ 특강 : 특수강도
- 오륜 ― ① 천륜무시 ② 인륜무시 ③ 연륜무시
  ④ 패륜무시 ⑤ 불륜무시
- 웃음 효과―웃으면 얼굴 전체에 활력을 주어 젊은 얼굴을 만들어 준다.

* 여인의 향기
- 여자의 몸만 원하는 남자 : 삼류
- 여자의 마음만 원하는 남자 : 이류
- 여자의 마음과 몸을 원하는 남자 : 일류
- 여자의 마음과 몸을 만족시키는 남자 : 초일류
- 그러나 여자의 몸과 마음을 아끼고 배려하고 사랑하는 남자가 진정한 남자이다.

* 웃음과 사랑
- 건강에 꼭 필요한 것은 웃음과 사랑이다.
- 사랑은 비상 상비약이다.

- 우리는 돈도 안 들고 처방전도 필요 없는 웃음과 사랑의 약을 복용하라.

✽ 유머란?

- 일소일소 일노일노 소문만복래
- 유머는 머리에서 나오는 것이 아니라 마음에서부터 나온다. —르네뒤보
- 가장 부유한 사람은 가장 값싸게 웃음을 얻는 것이다. —소로
- 사람은 함께 웃을 때 가장 아름답다. — W. 제임스
- 웃으며 보낸 시간은 신들과 함께 보낸 시간이다. —일본속담
- 5초 웃으면 이틀 더 오래 산다. —봉포수
- 웃음을 자신에게서 찾지 못하면 어디에서도 행복을 찾을 수 없다. —A. 러플라이어

✽ 웃음 십계명 — 개그맨 김형곤

① 크게 웃어라. 1분 웃으면 8일 더 산다.

② 억지로라도 웃어라. 병이 도망간다.

③ 일어나자마자 웃어라. 보약 중 보약

④ 시간을 정해놓고 웃어라. 병원과 이별

⑤ 마음까지 웃어라. 얼굴보다 마음 표정

⑥ 즐거운 생각을 하며 웃어라. 즐거운 일 창조한다.

⑦ 함께 웃어라. 혼자보다 3배 효과

⑧ 힘들 때 더 웃어라. 진정한 웃음 필요.

⑨ 한번 웃고 또 웃어라. 웃지 않으면 하루를 낭비한 사람

⑩ 꿈을 이룰 때를 상상하며 웃어라.

* 웃음의 효과

① 마인드 컨트롤 효과　② 대화 효과　③ 전염효과

④ 건강증진 효과　⑤ 신바람 효과　⑥ 호감 효과

⑦ 이미지 메이킹 효과　⑧ 실적 향상 효과

⑨ 행동컨트롤 효과　⑩ 젊음유지 효과

* 시험공부 일곱 단계

① 집에 가서 해야지　　② 밥 먹고 해야지

③ 배부르니 좀 쉬었다 해야지　④ 지금 보는 TV만 보고 해야지

⑤ 밤새서 열심히 해야지　　⑥ 내일아침 일찍 일어나 해야지

⑦ 이런 젠장 쯔 쯔

* 스마일이란

스―스쳐도 웃고, 마―마주쳐도 웃고, 일―일부러라도 웃어라.

* 건배사 ― 웃어야 웃는 일이 생긴다.

· 너나 잘해 : 너와 나의 잘나가는 새해를 위해

· 통통통 : 의사소통, 운수대통, 만사형통

· 파란만장 : 파란색 일만 장이면 일억

· 스마일 : 스스로 마음먹은 대로 이루어지길

· 해당화 : 해가 갈수록 당당하고 화려하게

· 오바마 : 오직 바라는 대로 마음대로 이어가길

- 나이야가라 : 나이는 숫자에 불과, 활력 있게 살아라.
- 나가자 : 나라를 위해 가정을 위해 자신을 위해
- 당나귀 : 당신과 나의 귀한 만남을 위해
- 진달래 : 진하고 달콤한 래(내)일을 위해
- 개나발 : 개인과 나라의 발전을 위해
- 사우나 : 사랑과 우정을 나누자
- 초가집 : 초지일관 가자 집으로
- 지화자 : 지금부터 화끈한 자리를 위해
- 무시로 : 무조건 시방부터 로맨틱하게
- 껄껄껄 : 마실 껄, 잘할 껄, 사랑할 껄
- 마돈나 : 마시고 돈 주고 나가자
- 마무리 : 마음먹은 대로 무엇이든 이루어지길
- 당신 멋져 : 당당하게 신나게 멋지게 져 주면서 살자

✻ 미운?

① 의사가 미워하는 놈—앓느니 죽겠다

② 치과의사가 미워하는 놈—이 없으면 잇몸으로 살겠다

③ 한의사가 미워하는 놈—밥이 보약이라 하는 놈

④ 산부인과 의사가 미워하는 놈—무자식이 상팔자라 하는 놈

⑤ 학원 강사가 미워하는 놈—하나 가르치면 열을 아는 놈

⑥ 변호사가 미워하는 놈—법대로 살겠다는 놈

⑦ 건축사가 미워하는 놈—설계비 깎고 좋은 집 원하는 놈

＊ 착각 속에 사는 사람들

① 남자들 : 못생긴 여자는 꼬시기 쉬운 줄 안다.

② 여자들 : 남자가 따라오면 관심 있어 오는 줄 안다.

③ 꼬마들 : 울고 떼쓰면 다 되는 줄 안다.

④ 대학생들 : 철 다든 줄 알고 졸업하면 앞날이 확 필줄 안다.

⑤ 부모 : 자식들 나이 들면 효도할 줄 안다.

⑥ 육군병장 : 지가 세상에서 제일 높은 줄 안다.

⑦ 아줌마 : 화장하면 사람들한테 예뻐 보이는 줄 안다.

⑧ 연애하는 남녀 : 결혼만 하면 깨가 쏟아질 줄 안다.

⑨ 시어머니 : 아들이 결혼하고도 자기 먼저 챙길 줄 안다.

⑩ 장인장모 : 사위들은 처갓집 재산에 관심 없는 줄 안다.

⑪ 회사사장 : 사원은 쪼이면 열심히 일하는 줄 안다.

⑫ 골퍼 : OK 받은 것 자기 실력인 줄 안다.

⑬ 아내 : 자기남편은 젊고 예쁜 여자에 관심 없는 줄 안다.

⑭ 남편 : 살림하는 사람들은 집에서 노는 줄 안다.

＊ 위 글을 보는 사람들 자기는 안 그런 줄 안다. 자기만 고상하고 품
   위 있는 줄 안다.

＊ 현대판 명심보감

① 부르는 데가 있으면 무조건 걸어가라.

② 여자와 말싸움은 무조건 져라.

③ 일어설 수 있으면 무조건 걸어라.

④ 경조사에 갈 땐 제일 좋은 옷을 입어라.

⑤ 나이 더 들기 전 뭐든지 도전 시작하라.

⑥ 옷은 좋은 것부터 입고 좋은 말만 해라.

⑦ 누구든지 도움을 청하면 무조건 도와라.

⑧ 안 좋은 일을 당했을 때는 이만하면 다행이라고 생각하라.

⑨ 믿었던 사람한테 배신당하면 오죽하면 그랬을까.

⑩ 젊은 사람에게 무시당하면 그러려니 해라.

⑪ 범사에 감사하며 입은 다물고 지갑은 열어라.

⑫ 어떤 경우도 즐겁게 살아라. 보고 싶은 사람은 약속을 잡아 만나고 내일이 마지막일 수 있다고 생각하자.

· 자세히 보아야 예쁘다. 오래 보아야 사랑스럽다. 너도 그렇다.
　　ㅡ나태주 '풀꽃'

· 사랑, 사랑하라, 한 번도 사랑받지 않은 것처럼

· 어디까지 걸어왔을까? 또 얼마만큼 가야 저녁노을처럼 뒷모습이 아름다운 사람이 될까?

· 산과 바다를 바라보는 사람은 아름답습니다. 지그시 따뜻한 눈으로 사람을 바라보는 사람은 더욱 아름답습니다. 거기 그대와 나 사랑하세요. 오늘이 마지막인 것처럼

☐ 김혜자 배우〈사람이 꽃보다 아름답다〉

· 1에서 1000까지 써놓고 감사함을 메모하여 가는……!

☐ 김수미 배우

· 김혜자께서 나에게 통장 주며 위로하고 정리하라고 한 것에 정리 후 김혜자가 포로 되면 내가 대신하여 포로 되어 주겠다고.(감사의 표시)

☐ 윤정세 배우

· 도전으로 두려움을 이겨낸 배우
· 자유연기 대신 자신과 대화를 하고 연기에 몰입
· 부딪치고 깨지면 꿈을 이룰 수 있다.

☐ 하희라 배우

· 꿈과 현실은 만날 수 없나?

☐ 최불암 탤런트

· 자식 팔아 행복한 부모 없다.

☐ 강부자 탤런트

· 사람들은 짖는 개를 뒤돌아본다.

☐ (고) **김자옥** 배우

· 암은 나쁜 병이 아니다. 주변과 이별을 준비하는 시간을 주는 병이다.

☐ 가수 **션** 앤 **정혜영** 탤런트

· 오늘 하루가 마지막이라 생각하고 생활하고 있다.
· 해외아동 200여명과 결연하여 도와주고 있다.
· 가수 션－11년째 기부활동 하고 있다.
· 네 자녀 양육 중이고 지금까지 30억 정도 기부하고 10년간 1000여 시간 봉사활동

☐ 가수 **션** 앤 **정혜영** 탤런트(SBS TV 2014. 12. 25)
― 이경규, 김재동 토크

· 예전엔 행복이 큰 그릇에 담기는 줄 알았는데 지금은 행복이 작고 비워진 그릇을 좋아하는 것 같다.

✱ 오늘이 마지막이라고 살자.
· 어느 날 갑자기 마지막이 찾아올 수 있다. 만약 내일이 주어지지 않는다면 후회하게 되기 때문이다.
· 우리가족은 새벽 체질이다.
· 아이들 업고 밀고 손잡고 귀가시킨다.

- 여자로, 남자로 태어나 남편으로 아내로 만나 아이들 엄마, 아빠 되었다. 엄마, 아내로 살면서 어느 때는 여자로 살게 해주어 행복하다.

* 나에게 쏟아지는 칭찬에 더 부담 느낀다.

- 뾰족뾰족한 내 성격이 둥글게 둥글게 만들어준 분이 내 남편.
- 결혼을 꿈꿀 때 보석을 찾을 것이 아니라 원석을 만나 보석으로 만드는 것이 결혼이다.
- 어린애가 사랑이란 글자를 읽을 줄 알겠지만 그 뜻은 모를 것이다. 그러나 우리 애들은 글자는 몰라도 사랑이란 뜻을 알게 가르친다. 사랑해, 축복해라고 이야기 하니 애들은 때가 되면 글을 읽게 되어 있다.
- 18세 성인이 되면 자립심을 알아야 떳떳이 커갈 수 있다. '독립 독려' 마음이 아니라 사랑의 마음이다.

* 좋은 부모란

- 기다릴 줄 아는 부모, 기다림을 배워가는 아이로 키울 때
- 부모의 시간에 맞추려는 희망, 습관을 중요시해 주는 부모, 아이의 습관을 지속가능하게 해주어야.
- 사랑해, 축복해 라고 항상 이야기 해준다. 세상 곳곳에 사랑해, 축복해가 일상화 되었으면.

* 수입원—1년에 100회 이상 강연수입, 자선행사, 책 인지세, 개인사업

* **우리의 행복이, 생활이 기부다. 돈 쌓아두고 기부하는 것 아니다.**

· 우리에겐 행복이 채워지는 잔이 있다. 잔이 넘치는 것으로 나누 어 행복을 찾고 있다.

· 기쁜 마음으로 기부해야 진정한 기부다. 자연스럽게 너무 많이 알려진 기부

· 2011년 11월 11일 11시 11분 11초에 금 이천일백일십일만일천십 일 원을 밀레니엄 빼빼로데이 대학생 17명에게 장학금으로 전달.

* **션—괌에서 태어나 고교수학 괌 경시대회에서 1등**

· 장애자를 위한 병원추진, 마포에 부지 확보(예산 430억, 현재 320억 확 보 추진 중)

· 본인 취미 아닌 기부활동, 나눔의 행복을 공유해야 행복하다.

· 매일 감사하는 삶을 연습하고 산다.

깨달음의 삶(명상 · 심리 외)

햄릿 증후군, 타라 브랙, 지눌, 김창옥, 최진석,
성철, 법륜, 혜민, 링컨, 아리스토텔레스, 소크라테스,
럿셀, 김동길, 소천, 정목 스님

□ **햄릿 증후군** — 이것인지 저것인지 결정 못하는 것.

* 참된 인생의 삶

세상에 태어났음을 원망 말고 세상을 헛되게 살았음을 한탄 말라.

죽어서 천당 갈 생각 말고 살아서 원한사지 말고 죄짓지 마라.

나를 용서하는 마음으로 타인을 용서하고 나를 다독거리는 마음으로 타인을 다독거려라.

보내는 사람 야박하게 하지 말고 떠나는 사람 뒤끝을 흐리지 마라.

오는 손 부끄럽게 하지 말고 가는 발길 욕되게 하지마라.

모른다고 기죽지 말고 안다고 거만 떨지 마라.

자랑거리 없다고 주눅 들지 말고 자랑거리 있다고 가벼이 들추지 마라.

좋다고 금방 달려들지 말고 싫다고 금방 달아나지 마라.

멀리 있다고 잊어버리지 말고 가까이 있다고 소홀히 하지 마라.

악을 보거든 뱀을 본 듯하고 선을 보거든 꽃을 본듯 반겨라.

부자는 빈자를 얕잡아보지 말고 빈자는 부자를 아니꼽게 생각하지 마라.

은혜를 베풀거든 보답을 바라지 말고 은혜를 받았거든 작게라도 보답하라.

타인의 것을 받을 때 앞에 서지 말고 내 것을 줄때 뒤에 서지 마라.

타인의 허물은 덮어서 다독거리고 내 허물은 들춰서 다듬고 고쳐라.

사소한 일로 원수 맺지 말고 이미 맺었거든 맺은 자가 먼저 풀라.

모르는 사람 이용하지 말고 아는 사람에게 아부하지 마라.

공적인 일에서 나를 생각하지 말고 사적인 일에서는 감투를 생각하지 마라.

공짜는 주지도 말고 받지도 말고 노력 없는 대가는 바라지 마라.

참된 인생의 삶은 타인의 인생 쫓아 헐떡이며 살지 말고 내 인생 분수 지켜 여유 있게 살아라.

✳ 100점짜리 인생

· 100점짜리 인생 만드는 것─일단 알파벳 26자에 A를 1, B를 2, ……Z를 26이라 붙여 단어를 알파벳에 대입하면

① HARD WORK는 8+1+18+4+23+15+18+11을 합하면 98점이다.(일만 열심히 한다고 100점 인생 아님을)

② KNOWLEDGE는 96점, LUCK는 47점, MONEY는 72점, LEADERSHIP은 89점이다.

③ 그러면 100점짜리는 ATTITUDE이다. 즉 마음먹기이다. 인생은 마음먹기에 따라 100점짜리가 될 수 있다.

✳ 가까이 할 사람, 멀리 할 사람

· 가장 무서운 사람은 나의 단점을 알고 있는 사람이고 가장 경계할 사람은 두마음을 품고 있는 사람이고 가장 간사한 사람은 타인을 필요할 때만 이용해먹는 사람.

· 가장 나쁜 친구는 잘못된 일에도 꾸짖지 않는 친구이고 가장 해로운 친구는 무조건 칭찬만 해주는 친구이고 가장 어리석은 친구는 잘못을 되풀이하는 친구이다.

· 가장 추잡한 사람은 양심을 팔아먹는 사람이고 가장 큰 배신자

는 마음을 훔치는 사람이고 가장 나쁜 사람은 나쁜 일인지 알면서 나쁜 일을 하는 사람이다.

＊ 나는 행복한 사람

· 걸을 수만 있다면 더 큰 복을 바라지 않겠습니다.
· 설 수만 있다면 더 큰 복을 바라지 않겠습니다.
· 말할 수만 있다면 더 큰 복을 바라지 않겠습니다.
· 들을 수만 있다면 더 큰 복을 바라지 않겠습니다.
· 볼 수만 있다면 더 큰 복을 바라지 않겠습니다.
· 살 수만 있다면 더 큰 복을 바라지 않겠습니다.
　─누군가는 이렇게 기도를 합니다.

□ 삶에서 깨어나라 ─ 타라 브랙 명상가, 임상심리학자

· 고통에 매달리지 말고 자신의 마음과 화해하라.
　내게 닥친 일 받아들일 때 마음은 자유롭게 된다.
　나는 충분히 사랑했는가? 생의 마지막 가장 중요한 질문
· 명상은 우리가 함께 가는 길
· 명상은 영혼에 주는 선물, 잠깐의 멈춤으로 삶이 변화.
· 가장 기본적인 가르침은 우리의 본성이 순수하고 선하다는 뜻이다.
· 우리가 서로 연결되어 있다는 자각이 깨달음의 근본이다.
· 함께 수행하고 함께 어울리고 함께 봉사할 때 나와 남이 다르지 않고 근본적으로 하나라는 것을 발견하게 된다.

- 고달픈 하루 속에서 용서나 겸손을 배우게 된다.
- 자유로운 마음으로 살고 있다는 걸 보여주는 중요한 신호는 친절이다.
- 깨어있는 마음을 보여주는 또 다른 신호는 자발성과 창조성과 생동감이다.
- 명상은 쉽게 마음이 산만해지고 습관적으로 사는 우리의 습성을 거스르는 것이다.
- 쉬지 않고 흐르는 하루 속에서 잠깐의 멈춤은 당신의 영혼에게 주는 선물이다. 그 멈춤으로 당신의 삶이 새로워질 것이다.

□ 지눌 스님의 선불교

- 현대사회의 심각한 문제는 인간의 탐욕과 무지가 일으킨 기후변화와 환경오염이다.
- 생명 위협하는 고통을 이기기 위해서는 자각과 연민을 키워야 한다. 즉 의식이 변하지 않으면 정책과 행동이 변할 수 없다.
- 서로 더 많이 대화해야 한다. 대화하지 않으면 고통을 겪는 사람들을 염려하는 것도 악순환 끊는 것도 불가능하다.

□ 김창옥 교수의 소나기 — YTN, 4. 13

- 마음에 어린애를 두고 대화해라.
- 통통극 — 친구는 나의 짐을 지고 걸어가는 사람이다.
- 현재 상황 포기하지 말고 음지에만 있지 말고 양지로 나와 해결

하라.

- 극복 대 포기－변화와 극복 용기 있는 자세도 좋지만 제안을 해라.
- 내면에 잔재한 마음을 열어라.
- 자신에 대한 핸디캡 숨기지 말고 당당히 행동하라.
- 부모에 대한 미안함 정기적으로 용돈 드려라.
- 장남은 동생들께 사람 대 사람, 인간 대 인간으로 상대해주어라.
- 사기꾼이 좋아하는 사람은 돈 있는 사람, 건강하지 않은 사람
- 남을 돕기보다 아픈 마음을 도와라. 나 없으면 안 된다, 심한 콤플렉스
- 오지랖 : 남을 도우려다 상처받는 것.
- 사람은 변화의 대상이 아닌 사랑하고 마음을 주는 대상이다.
- 10% 정도는 아니요 라고 말할 수 있는 용기가 필요하다.
- 대화하기 위해서는 매개체가 필요하다.(5. 2)
- 인간은 환경에 지배 받는다.
- 머릿속 시뮬레이션, 아는 것이 힘이 아니라 하는 것이 힘이다.
- 나쁜 남자는 삶과 손잡는 남자다.
- 살아있네, 할까 말까 하지 말고 하이에나 초월하여 사자의 힘으로 하라.

＊ 사자의 심장을 갖고 행동하라.

- 할까 말까 하지 말고 마음은 소리에 반응하여 향하라.
- 삶은 뜬구름이 아니다. 해야 할일을 하는 것이 행하는 것이다. 돈은 흘러가는 물이다. 돈에 이용당하지 말고 이용하라.

- 언어 중 가장 강력한 언어는 행동이다. (5. 17)

✳ 아버지

- 부모님의 뒷모습을 보이면 사랑이 싹트인 것이다.
- 밥 먹었냐는 너를 사랑한다는 의미다.
- 오늘의 대한민국은 아버지의 피와 땀의 결과이다.
- 얼른 전화 끊자는 말은 엄마 아빠 보러오라는 뜻.
- 나는 퇴직금 없는 제로 인생이다. 아들의 실수는 자신의 실수로.
- 내 삶을 바꿀 수 있는 것은 나뿐이다.
- 목마른 자와 여행하며 물을 따라 줄 수 있는 사회가 되어야 한다.
- 가수 김태원―아버지는 옆에만 계셔도 무서운 분이다.

☐ 나는 누구인가 – 최진석 서울대교수(SBS TV 4. 13)

- 질문에는 진정성이 있어야 한다.
- 기준의 생산자 ― 기준의 창조가 되어야 한다.
- 기준은 엉뚱한 질문에서 나온다.
- 나는 왜 기준의 생산자가 되지 못하는가?
  항상 기준을 남의 기준에 맞추기 때문이다.
- 모든 사람이 기준으로 하는 보편적인 이념으로 기준을 삼기 때문에 어려움이 생긴다.
- 사건의 책은 이론이고 이론은 사건을 정리하여 놓은 것이다.
- 이론은 술 찌꺼기에 불과하다.
- 다이어트 한다고 다이어트에 대해 안다고 말했다. (잘못)

성인의 기준에 따르는 것.

· 보편적 이념에 적극적—자기가 자기 주인으로 사는 것.

　(나는 천하에 따르지 않고 나 자신에 따라 만끽하고 살겠다.)

✽ 자신을 되돌아 볼 수 있는 글

나는 믿는다고 하면서 의심도 합니다.

나는 부족하다고 하면서 잘난 체도 합니다.

나는 마음을 열어야 한다고 하면서 닫기도 합니다.

나는 정직하다고 다짐하면서 꾀를 내기도 합니다.

나는 떠난다고 하면서 돌아와 있고 다시 떠날 생각을 합니다.

나는 참아야 한다고 하면서 화를 내고 시원해 합니다.

나는 눈물을 흘리다가 우스운 일을 생각하기도 합니다.

나는 외로울수록 바쁜 척 합니다.

나는 같이 가자고 하면 혼자 있고 싶고 혼자 있으라 하면 같이 가고 싶어 합니다.

나는 봄에는 봄이 좋다고 하고 가을에는 가을이 좋다고 합니다.

나는 남에게 쉬는 것이 좋다고 하고 말하면서 계속 일만 합니다.

나는 희망을 품으면서 불안해하기도 합니다.

나는 벗어나고 싶어 하면서 소속되길 바랍니다.

나는 변화를 좋아하지만 안정도 좋아합니다.

나는 절약하자고 하면서도 낭비할 때도 있습니다.

나는 약속을 하고나서 지키고 싶지 않아 핑계를 찾기도 합니다.

나는 남의 성공에 박수를 치지만 속으로는 질투도 합니다.

나는 실패도 도움이 된다고 말하지만 내가 실패하는 것은 두렵습니다.

나는 너그러운 척 하지만 까다롭습니다.

나는 감사의 인사를 하지만 불평도 털어놓고 싶습니다.

나는 사람 만나기를 좋아하지만 두렵기도 합니다.

나는 사랑한다고 말하지만 미워할 때도 있습니다.

흔들리고 괴로워하면서 오늘은 여기까지 왔습니다. 그리고 다음이 있습니다.

＊ 그 내일을 품고 오늘은 이렇게 청개구리로 살고 있습니다.

□ 성철 큰스님(1912~1993)

· 산은 산이요, 물은 물이다.

· 자신을 돌아보아라.(서거 5주기)
  과거는 현재를 거두는 감옥이 아니다. 바로 이 순간에 충실하라.

· 불기자심不欺自心 : 자기 마음을 속이지 마라.―고시생에게 좌우명 선물

· 독처무자기獨處無自欺 : 조선 명종 때 문신 임권 좌우명으로 '홀로 서 있는 곳에서 자신을 속이지 마라.'

· 호가 신독재愼獨齋 : 혼자 갈 때 그림자에 부끄러울 것이 없고 혼자 잘 때 이불에도 부끄러울 것이 없다.―조선유학자 김집

· 성경에는 자신을 속이지 마라. 심은 대로 거두리라.

* 경남 산청에 성철 스님 기념관 개관(2014. 9. 30)

- 주소 : 산청군 단성면 겁외사 경내에
- 불필 스님(성철 스님 딸) 등 문도 뜻 모아서 개관식에는 큰스님 42
  명, 신도 400여명 참석 축하함.
  탄생 100주년에 성철 스님 혈육인 불필 스님과 원택 스님이 뜻을
  모아 230평 정도, 3층으로 신축개관.
- 상좌 원택 스님(백련불교 문화재단이사장)은 남을 위해 기도하라는 큰
  스님의 가르침을 활용했으면 좋겠다고.
- 겁외사는 2001년에 성철 스님 생가 터로 스님이 출가 전 영주라
  는 속명으로 20여년 살면서 결혼한 곳이다.

□ 법륜 스님

- 천상은 신들의 세계요 천하는 인간의 세계를 말함.
- 인간의 세계는 물질, 권력, 인기와 명예가 세상을 지배하여 인간
  은 위 세 가지를 구하고 인간들은 여기에 묶여 있다.
- 내가 주인이 아니라 욕망의 노예가 되어 있고 우리는 이념과 사
  상 믿음의 노예가 되어 살고 있다. 이에 부처님께서 '신들의 세
  계와 인간의 세계'를 통틀어서 자신의 존재보다 더 소중한 것은
  없다. 즉 천상 천유야 독존은 '나' 이다.
- 우리가 무지에서 벗어난다면 바로 우리 자신이 우주의 주인이고
  자기 운명의 주인이다.
- 부처는 신도 어쩌지 못하는 인간 절대성을 선언한 것이니 천상
  과 천하의 굴레에서 벗어난 자는 이 세상에서 가장 존귀한 존재

이다.

✽ 새해다짐 십계명 — 법륜 스님

① 무엇이든지 웃으며 "예" 하는 사람이 되어라,

② 사랑받기보다는 사랑하는 사람이 되어라.

③ 이해받기보다는 이해하는 사람이 되어라.

④ 도움받기보다는 도움 주는 사람이 되어라.

⑤ 의지하기보다는 의지처가 되는 사람이 되어라.

⑥ 화내지 않는 사람이 된다.

⑦ 좋은 일은 손해를 보면서도 가까이 하는 사람이 된다.

⑧ 미워하지 않는 사람이 된다.

⑨ 실패가 성공의 길이라는 사람이 된다.

⑩ 모르면 묻고 틀리면 고치고 잘못하면 뉘우치는 사람이 된다.

· 새해에는 복 많이 받으세요 보다는 새해 복 많이 받으세요로!

✽ 법륜 스님(SBS 힐링 캠프 2014. 7. 22)

· 잘 물든 단풍이 봄꽃보다 예쁘다. ─행복하게 나이 드는 법에서

· 왜 살아야 하는지를 생각하기보다 어떻게 살아야 하는지를 생각하라.

· 지나친 기대를 조금 낮추면 만족도가 커진다. 진정 나를 사랑한다면 행복을 조절해 자신을 행복하게 만들어라. 행복은 사회 안에서 존재하기 때문에 조금 더 노력하면 더 많은 사람들이 행복을 누릴 수 있다. 불교는 자기수행의 하나의 방법이다.

· 나이가 들면 말수를 줄여라.(적어져야 한다)

욕심을 좀 내려놓아야 한다. 항상 모으는 것보다는 베풀 줄 알아야 한다.

- 미안하다는 소리를 조금 덜하고 감사하다는 인사를 좀 더 들을 수 있는 삶을 추구하라!
- 주례사 중 일부 ― 사랑하는 사람을 두지마라. 미운 사람도 가지지마라. 사랑하는 사람은 못 만나 괴롭고 미운사람은 만나서 괴롭다.
- 남의 인생에 간섭하지마라. 인생에는 답이 없다. 자기가 선택하고 책임지는 게 인생이다.
- 유명해지는 것, 그냥 이루어지지 않는다. 그만큼 대가를 치러야 한다.

□ 혜민 스님

✻ 좋은 인연이란?

시작이 좋은 인연이 아닌 끝이 좋은 인연입니다. 시작은 나와 상관없이 시작되었어도 인연을 어떻게 마무리하는가는 나 자신에게 달렸기 때문이다. ―혜민 스님 블로그

- 화가 나면 스스로 화가 난 에너지를 삭이기 힘듦으로 한발자국 물러서서 삭이면 화의 에너지가 소멸된다. ―미국 포교에서
- 화의 중심은 본인, 화는 다스리기는 힘드나 관리하기는 가능하다. 화는 전염하여 자연으로 돌아간다.

  직장 ― 와이프 ― 자식 ― 놀이기구 ― 한강으로!

  만류인류법칙은 영원하나 손 내민 자가 사과 받는다.

- 화를 다스리는 방법—남에게 상처를 주지 말고 주지도 말자. 감동적인 글을 기억하여 마음 다스려라.

  아름다운 추억을 다스려라.
- 화를 내면 화를 낸다고 달라질 것 있나? 화를 낸다고 해결될 것 있나?—주말극 KBS 이순신에서
- 성냄, 화냄—화내는 사람은 언제나 손해를 본다. 화내는 사람은 자기를 죽이고 남을 죽이며 아무도 가깝게 오지 않아서 늘 위태롭고 쓸쓸하다.
- 화 내지 않는 방법—반성과 용서하는 방법, 원망을 안 하는 방법, 스스로 숙명적인 운명을 바꾸는 방법

✳ 쉽게 쉽게 살자 — 혜민 스님

- 사랑하면 사랑한다고 보고 싶으면 보고 싶다고 있는 그대로 이야기 하고 살자. 너무 어렵게 셈하며 살지 말자. 하나를 주었을 때 몇 개가 들어올까? 두개를 주었을 때 몇 개가 들어올까? 계산 없이 주고 주고 싶은 만큼 주고 살자.

  너무 어렵게 등 돌리며 살지 말자. 등 돌린 만큼 외로운게 사람이니 등 돌린 힘까지 내어 사람에게 걸어가자.

  좋은 것은 좋다고 하고 내게 충분한 것은 나눠줄 줄도 알고 애써 등 돌리려고도 하지 말고 그렇게 함께 웃으며 편하게 살자.

  안 그래도 어렵고 힘든 세상인데 계산하고 따지며 머리 아프잖게 그저 마음 가는 데로 마음을 거슬리려면 갈등 있어 머리 아프고 가슴 아픈 때로는 손해가 될지라도 마음 가는 데로 주고 싶은 데로 그렇게 살아가자.

이제 막 걷기 시작한 사람, 중턱에 오른 사람, 거의 정상에 오른 사람, 정상에 올랐다고 끝이 아니다.

산은 산으로 이어지는 것, 인생도 삶은 삶으로 다시 이어지는 것, 한 걸음 한 걸음 걸을 수 있다는 것이 행복이지 정상에 오르는 것이 목적이 아니다.

쉽게 쉽게 생각하며, 우리 함께 인생의 산맥을 함께 넘는 것이다. 산들이 이어지는 능선들이 바로 우리가 사는 인생이다.

＊ 화 — 낭만논객(TV 조선)

· 순간적인 화로 인해 일생을 망칠 수 있다.

· 15초만 참으면 화는 면할 수 있다.

　내 건강과 바꿀 수 있는 화인가? 화를 내는 것이 정당한가?

· **링컨**—화낸 상대방에게 편지 써서 보내지 않고 찢어버리고 화를 참는다.

· **아리스토텔레스**—적절한 시간, 방법, 분노인가 생각한다.

· **소크라테스**—놀라지 마라. 천둥이 치면 소나기가 온다.

· **럿셀**—말도 안 되는 사람께 화낼 필요 있나, 불쌍하게 생각하면 된다.

· **김동길 교수**—그럴 수도 있다 하고 삼킨다.

· **소천**—참는 사람은 승리하고 참는 사람은 성공하고 참는 사람은 행복하다.

＊ 혜민 스님

· 나의 열등감으로 남을 미워합니다. 나는 나를 사랑합니다. 나는

나를 존경합니다. 나는 사랑받기 위해 살아갑니다.

- 현재 상태에서 마음을 멈춰라. 즉 멈추면 앞이 보인다. 내 삶의 내 주인이 되어 나의 시간을 가지고 살아라.

- 나라면 할 수 있어, 나는 사랑받기 위해 태어났습니다.

- 남을 미워하는 것은 나의 열등감 때문이다. 마음이 흐르는 것을 멈춰야 한다. 그래야 비로소 보인다.

- 깨우침은 나의 삶을 찾는 것이다. 즉 내가 나를 사랑하는 것이다.

- 마음을 멈추면 보인다. 부족한 나를 사랑해 주세요. 자기 스스로 비약하지 마라.

- 혼자만의 시간을 가지는 것은 자신의 여유를 찾는 것이다. 마음이 참 고맙다.

- 사람들은 남들과 자신을 비교하면서 열등감을 키워간다. 누구처럼 돼야겠다고 생각하면 평생 남의 짝퉁밖에 될 수 없다.

- 미움의 반대는 이해이다. 개인의 자기열등감을 자격지심으로 상대방에게 마음의 상처가 되는 말을 한다.

- 나는 사랑받기 위해 세상에 태어났다. 남과 비교하지 않고 세상을 살며 나를 위해 살아갈 것이다. 즉 나만의 빛깔을 가지고 살 것이다. 나만의 빛과 향기를 가지고 행동할 것이다.

- 다음을 생각하는 것은 소수이고 마지막만 생각한다. 처음을 징검다리로 성장하고 살아가야 한다.

- 나의 결핍을 성장의 원동력으로 삼고 노력 발전시켜라.

- 혼자 있는 시간으로 마음의 여유를 가져라. 치유의 핵심은 맞장구를 쳐주는 것이다. 마음의 상처를 입지마라. 그리고 주지도 마라. 몸아 참 고맙다. 많이 많이 아팠지 등등…

- 내가 나를 사랑하라. 힘들어 하는 당신이 곧 나이기에 오늘도 그대 위해 기도하여라.
- 개개인에게는 각자의 생각이 있다. 부족한 '나' 라 해도 내가 나를 사랑해!

✻ 내가 행복해지는 세 가지

① 내가 상상하는 것만큼 세상 사람들은 나에 대해 나에게 그렇게 관심이 없다는 사실—자기생각 바쁘다.

② 이 세상에 모든 사람이 나를 좋아해줄 필요가 없다는 깨달음—지나친 욕심.

③ 남을 위한다면서 하는 것의 모든 행위들은 사실 나를 위해 하는 것이었다는 깨달음—자기중심 관점에서 벗어

- 생각만 너무 하지 말고 그냥 하고 싶은 일 해버리십시오! 인생 너무 어렵게 살지 마십시오!

✻ 자연의 위치

① 개개인에게는 모두 각자의 생각이 있다. 각각의 사건을 내생각과 똑같이 맞추기 위해 노력할 필요는 없다.

② 각자의 생각이 다를 수 있다는 것을 인정하면 된다.

- 시비는 남의 생각이 내 생각과 똑같아야 한다고 했을 때 생기는 것이다.
- 부족한 나라고해도 내가 나를 사랑해 주세요. 이 세상 살면서 이렇게 열심히 분투하는 내가 때때로 가엽지 않은가요? 친구는 위로해주면서 나 자신에게는 왜 그렇게 함부로 대하는지? 내 가슴

을 쓰다듬으면서 사랑한다고 스스로에게 말해주세요.

"몸아 참 고맙다. 많이 많이 아팠지? 나는 나를 사랑한다."

✱ 우리의 본성

건강하면 건강할수록 마치 몸이 없는 것처럼 느껴요. 그렇다고 몸이 없는 것은 아니지요. 자연스러우면 자연스러울수록 전혀 노력하지 않는 것처럼 보여요. 그렇지만 노력이 없었던 것은 아닙니다. 없는 듯이 본래 있는 것, 그것이 바로 우리의 본성이고 진리입니다.

☐ 정목 스님(불교방송 DJ) ― 귀, 마음 여는 계기 되길

· 종교방송이 지나치게 자기주장만을 앞세우는 배타적인 모습을 보이면 사회에 반목과 분열이 생긴다.

· 남의 이야기도 포용할 수 있게 듣는 귀와 받아들이는 마음을 모두 항상 열어 둘 필요가 있다.

· 한 잔의 차와 함께 조용한 음악을 들으며 마음의 문을 활짝 열고 인생의 의미를 차분히 생각해보는 시간이 되었으면 좋겠다.

· 너와 내가 둘이 아니며 그러니까 타인과 내가 분리된 남남이 아니라 똑같은 아픔과 꼭 같은 기쁨을 나눌 수 있는 존재라는 사실을 아는 순간 우리의 자부심은 커집니다.

✱ I LOVE '人' ― 〈사람인〉 (2014. 11. 30. SBS TV)

· 우리는 탓하기 비교하기 하는 삶은 피해야 한다. 내 탓, 네 탓, 잘난 탓, 가난 탓 등, 나는 잘나고, 너는 못나고, 너는 잘나가고 등

- 탓하기—자기 잘못을 수정하지 않는 사람은 남의 잘못도 인정 못한다.
- 비교하기—시기심 남발, 즉 부러워하는 것은 남의 것을 빼앗는 것, 자신의 모습을 비교하는 것이다.
- 쓸모없는 것을 쓸모 있게 만드는 것이 인간이다.
- 행복을 키우는 마음연습을 해야 한다.
- 나무는 언제나 그 모습 그대로이다.
- 내가 무엇을 하는가?—무한한 가능성을 찾아야 한다.
- 내 기준에서 완벽을 추구하는 것은 상대방에게 고통을 줄 수 있다.
- 나에게 행복한 일이 상대방에게 고통을 줄 수 있다.
- 타인의 삶의 방식에 이야기하는 것은 내가 불행해질 수 있다.
- 타인의 성장과 내 자신의 성장을 보기 위해 내가 살아있는 목표가 되어야 한다.
- 3일 만에 부활한 예수님

스포츠, 여행

게티스, 차우찬, 송지만, 오승환, 이대호, 박병호, 김성근
아 담, 이승엽, 이호준, 안태영, 서건창, 홍명보, 신치용
조성환, 이종범, 박철순, 차명석

□ 게티스 미 야구선수

꿈은 네 주위에 있다.

□ 차우찬 투수

· 연봉 13,500만원 중 5,000만원 기부하니 야구가 더 잘되는 것
  같다.
· 할머니 사랑 받고 성장하여 기부하게 된 계기가 됐다.

□ 송지만 NC 선수

· 나이는 인생이다. 누구나 먹는다. 가는 시간 받아들여야 한다.
  하지만 지나온 시간만큼의 연륜과 경험은 소중하다. 그런 장점
  을 최대한 살려 후배들에게 전수해주고 싶다.

□ 오승환 투수

· 내가 맞은 안타 하나도 뉴스거리가 되는데 안타 셋 맞고 나니 스
  트레스 받는다.

□ 이대호 선수

· 공부든 운동이든 꿈을 향해 달려라. 야구에 만약이란 없다.

□ 박병호 NC 타자

- 나도 사람이라 홈런 선두 의식한다. 초심을 잃지 않으려고 노력한다.
- 내가 득점을 하면 다른 선수에게 타점이 되기 때문에 열심히 한다.
- 일취월장, 그러나 한 번의 좌절 맛보았다. 그리고 깨달음이 왔다, 비워야 넘긴다는 것을…
- 몸과 마음만 키운 게 아니라 머리와 책임감도 함께 키운 선수.

□ 김성근 한화 감독

- 지도자는 사람을 버리지 않는다.
- 베테랑은 특별대우하지 않는 것이 오히려 더 특별한 관리법이다.
- 선수들은 다 내 새끼다. 내 새끼는 내가 책임져야 한다.
- 독한 프로가 되어라.
- 무너진 김성근의 꿈, 열정에게 기회도 사라졌다. ─고양 원더스 3년 만에 해체에
- 한국사회에 패자도 다시 설 수 있다는 희망을 던진 원더스의 해체가 번복되기 기대하며─김석종 논설
- 진정한 프로, 진정한 기술에 파묻혀 있는 선수는 손아섭 선수다.
- 어느 팬, 야구장인, 야구바보, 야구문화재 존경합니다.
- 축하합니다, 감사합니다, 부탁합니다. ─한화 팬들의 격려글
- 이 정도면 됐다가 인생 망친다.

- 비난 없는 요즘이 위험한 시기 한화엔 다함께 정신이 필요하다.─쉬운 이야기 아니다
- 20대로 돌아가면 야구 안할 수도, 청바지 좋아해 20여장 보유하고 있다.
  지도자로는 80점 정도, 인간으로서는 50점이다. (경향, 2015. 1. 5)
- 우리사회에서 경험이 너무 천시 받는 경향이 있다. 경험의 힘은 어마어마하다. 경험의 가치를 높은 곳에 두라.

□ 아담 미,

- 힘을 가질 자격이 없는 사람이 힘을 가질 때 모든 악의 근원이 된다.

□ 이승엽 타자

- 꾸준한 노력은 배반하지 않는다.

□ 이호준 NC 타자

- 안정감을 찾는 것이 세월의 흐름에서 얻은 가장 큰 수확이다.
- 팀 유니폼을 입고 있을 때는 불만을 표출하지 마라.
- 힘은 세월이 지나면 떨어지니 20대부터 대비하라.

□ 안태영 선수

- 나는 타고난 재능은 없다. 스스로 한 번도 타고난 재능이 있다

고 생각해본 적이 없다. 재능이 없으니 그만큼 열심히 했다.

□ 서건창 선수—역대 시즌 안타기록 201개 기록

- 서건창 신화를 쓰다.
- 미생에서 완생이 된 사나이—뛰다가 죽어라, 죽어야 살 수 있다.
- 난 여전히 부족한 부분이 많다. 그렇기 때문에 부족한 것도 많다. 약점을 보완하기 위해 계속 노력하겠다.
- 서건창을 이끈 중요 요소는 야구에 대한 자신을 향한 욕심이다.
- 연습 때는 울고 경기 때는 웃자.

✳ 야구장 이모저모

- 가을타는 남친 보다 10년 기다린 가을야구 —LG팬
- 지옥을 맛보고 살아온 나날, 점수에서는 져도 경기에서는 이겨야 —NC 찰리 투수
- 한화 대 삼성—22 대 1 스코어에도 박수갈채 보내는 한화 팬, 이것이 한화 팬이다.
- 넥센이 첫 정권 창출, 삼성의 장기집권 —2014

✳ 프로야구 코멘트

- 자신에게 온 기회를 놓치지 않는 것이 야구의 원칙이다.
- 시대를 같이 하지는 못하지만 공유는 같이 하며 즐기는 것이 야구관중이다.
- 야구 리더십은
  - 조직원의 마음을 이끌어내 최대의 효율을 달성하는 역량

- 사람 좋으면 꼴찌
- 야구리더는 선수들의 사랑이 아니라 존경을 얻어야
- 위대한 리더는 이 사람이면 따를 수 있다라는 공감대를 얻어야 한다.
- 리더십은 결국 조직 관리이자, 위기관리이다.
- 카리스마 리더십 저물고 배려, 권력분할 등 화합이 화두이다.

☐ 홍명보 축구

· 권위주의 버리고 포용력 발휘해야

☐ 신치용 배구 — 원칙주의 리더십

· 세상에서 가장 비참한 감독은 선수들한테 배척당한 감독, 나를 믿지 말고 코트에서 흘린 너의 땀을 믿어라.
· 카리스마 리더십—감독직은 불가침의 성역, 침범 받는 순간 팀은 무너진다.

☐ 조성환 롯데선수 은퇴에

· 영원한 캡틴, 조성환 선수 영원하여라!
· 더 이상 팬 실망시킬 수 없어 은퇴 결심했다.
· 그대가 있어서 우리는 행복했다.—롯데 팬

☐ 이종범 한화코치

· 프로에게 연구와 노력은 선택이 아닌 필수이다.
· 대안 리더십
  ① 류중일 - 따뜻한 리더십 ② 염경엽 - 시스템 리더십
  ③ 김기태 - 권력 분할 리더십

☐ 박철순 전 선수

· 야구는 결과보다 과정이 중요하다.

☐ 차명석 야구해설위원

· 야구해설은 팩션이고 야구장은 내 인생의 전쟁터였다.
· 현장의 삶은 고3 수험생의 일과처럼 치열했다.
· 나는 책보는 것도 전투적으로 읽는다.
  인간은 패배하도록 만들어지지 않았다. ─헤밍웨이
  (Man is not made for defeat─노인과 바다에서)
· 새는 알에서 나오기 위해서 싸운다. 알은 새의 세계다. 태어나려
  는 자는 또 하나의 세계를 깨뜨려야 한다. 내가 깨뜨려야 할 세
  계는 무엇인가? ─데미안에서
· 시청자와 대화를 연인과 속삭임처럼 풀어가고 싶다.
· 하고 싶은 이야기 해설이 아니라 팬들이 듣고 싶어 하는 해설
· 유머는 길면 안 된다. 단문에 다 들어가고 함축되어야 한다.

예술을 만나다

황순원, 박상현, 이재상, 김 억, 배재철,
조정현, 김예나, 안윤모, 박규희, 서동윤,
조영락, 김한사, 유진규

□ 황순원 『골동품』 시인

- 『골동품』 시집—아이의 꿈은 생명의 꿈이었다.
- 해바라기—땅을 헤어낸 흑점이 더 많다.
- 어린이처럼 표현했지만 문학적인 고통이 엿보인다.
- 시를 만드는 법 : 시는 지식을 전달치 않고 깨닫거나 이해하려는 것 아니고 소감을 통해 체험을 표현하는 것.
- 황순원의 시집 『골동품』은 순수의 이정표
  시를 잘 쓸 때, 심술쟁이 느낌일 때, 어린이마음 컨디션일 때

□ 지휘자 박상현—클래식 선두주자

- 오페라 모스틀리 창단—2003년 국내 최초 창단하여 교향곡, 오페라, 재즈, 팝 등 다양한 장르 연 100회 정도 연주, 모스틀리란 다양한 의미란 뜻.
- 미소의 나라 최초 지휘—지휘자는 한 번의 지휘 위해 3일 연습
- 전공은 성악이었으나 국한된 것 같아 여행 중 뮤지컬 관람 후 지휘자 수업. 발성연습은 계속하고 있다. 배역은 부분, 지휘자는 전체를 경험.
- 지휘 중 날아간 지휘봉 주워준 앙드레김, 인연 이어졌다.
- 모차르트는 봄이나 여름에, 차이코프스키는 가을, 겨울에 연주
- 잊을 수 없는 공연—아버지 임종 앞두고 조수미 공연
- 클래식 장벽 높다, 공연료 과다—최선을 다해 최고의 공연해야
- 감동을 주고 나눔을 하고 기뻐하고픈 오랜 친구 같은 지휘자—MC

□ **이재상** 목탄화가, 달빛화가

- 칠흑 같은 밤에 빛나는 달빛으로 표현
- 수입목탄 90% 소모한다. 목탄은 붙으면 예술, 떨어지면 분진
- 행복한 일만 할 수 없는 것이 인생이다.
- 목탄 : 회화로 발전 보존 연구 해결, 붓으로 할 수 없는 묘미, 무광, 육감으로
- 자연주의—생명을 은유, 나무는 자연스런 피사체를 넘는 의미가 있다.
- 소재 : 대나무, 소나무 — 예술적 감각,
  —마음의 위로와 여유를 찾는다.
  —눈과 마음으로 담은 나무를 작품으로 표현한다.
- 달빛이 비쳐주는 나무, 저 너머 은은한 향과 깊이를 더해 목탄진가 발휘, 동양화의 음, 양을 극대화시켜 준다.
- 오래된 시계 많이 걸어둔 이유—시계 장인이셨던 아버지 숨결이 남아 있어서
- 대학에선 서양조형미술—설치미술—목탄화가로—설치에서—평면으로—자화상 인물화 — 초상화 개념이 아닌 운명으로 연출
- 자화상 — 유행을 벗어나고파 목탄으로,
  검정색 안에 무지개 색깔(빨주노초파남보) 포함
- 흑백의 묘약—변화—한구석에 숨겨놓은 살아있는 동물
- 이야기를 확산시키는 기폭제 역할, 고뇌하고 인내하며 자기와 싸우고 캔버스와 싸우는 것이 작가의 운명이다.
- 단순함 속에 모든 것이 있다. 앞으로 시각적 표현 기대된다. —MC

□ 김억 판화화가

· 동양화전공—안성 대농리 화실
· 왜 이런 곳에 마을이 들어섰을까?
  안성 대농리 소나무—작품
· 자연길—자연을 건드리지 않고 자연그대로 만들어진 길, 길은
  소통의 통로다.
· 자연경제 시대의 풍경—풍경은 길지만 시대에 따라 달라 보인다.
· 목판화가 매력—목판에 파는 흔적이 그대로 뛰쳐나온다.
· 목판화는 칼이 생명—동양화의 준법을 칼로 표현
· 원근법 없이 풍경을 담아낸다.—경험을 토대로 작품구성
· 자동차는 큰 덩어리를, 자전거는 작은 부분을 볼 수 있지만 걸어
  가면 풀포기까지도 볼 수 있다.
· 목표—삶의 현장을 담고 싶다. 전국 명소 답사, 올해는 해남을
  소재로 하고 싶다.(3. 8. SBS)

□ 성악가 배재철 — YTN 3. 15

· 리리코스핀트란 힘 있고 정열적인 음악
  유럽을 재패한 동양인, 인복을 타고난 인물, 절망을 이겨낸 노력
  한 인간, 목 성대 갑상선암 수술 —재기
· 3대 추억—① 준비영상—콩쿠르 입상, 학비, 생활비 마련
            ② 추억의 물건—동요 수상메달
            ③ 추억 음식—이태리 유학시 탕수육

· 앞만 보던 시절—지금은 주위를 보고 살아간다.
· 의학적으로 불가능한 성대 갑상선 암수술 성공—재생
  개척 도전하는 정신으로 힘들었다.
· 이것이 삶이고 여기서 해낸 것이 좋은 일 만들어가고 있다.
· 목소리에 희로애락이 있다. —MC

☐ 조정현 조각가

· 홍대조소과 졸, 작업실 상암동 —3. 15
· 폐자재 이용하는 조각가—생각하는 요소가 들어 있어서
  폐자재는 좋은 재료, 항상 좋은 대화거리가 된다.
· 발견하는 것—놔두면 녹슬고 또 색칠하고 변화시켜 작품을 만
  든다.
· 곁에 껍데기 어떻게 비우고 채우고 끄집어낼까?
· 인고의 시간 감내하는 조각가—재료 조직의 구조, 색깔 보면 빠
  져 들어간다. 잘된 것이 단단한 조직력을 가지고 있다.
· 철로 침목을 쪼개 뚫으면 뻥 뚫린 이야깃거리가 된다. —재료에
  따라 이야깃거리가 된다. 들어내고 존중하여 이야기를 만든다.
· 드로잉의 매력—한 번에 던지니 생명력이 있다.
· 독은 구겨진 종이다. (콜탈 사용)
· 낡은 거울 속에서 자화상을 찾다.
· 작업은 경쾌하게 하고 싶은 심정으로

□ 강예나 발레무용가

· 춤을 추는 것은 내 운명이다.-고통을 극복하는 것, 무용뿐이라
  고…
· 다시 태어나도 발레 하겠다.
  원 없이 연습했기 때문, 26년간 한 발레 은퇴-자연스럽게 활동
· 인천 아시아게임 대표연출
· 몸으로 하는 연기에서 말로 하는 연극하고 있다.-첫 사랑의 행
  복 출연 중
· 최연소 아메리칸 이어단 한국 최초 입상
· 후배가 나를 능가하는 것 보고 싶다.-용기를 얻는다
· 어떤 꿈 조금 더 연기해 보고 싶다.
· 심미주의 선언, 아름다움 어떻게 추구할 것인가?

□ 안윤모 설치 미술가

· 경기 안산 작업실-3. 29 SBS
· 빨간색이면 더 드러날 것 같아 붉은색으로 작업실 만들고 주위
  울타리 없애고 자연그대로 살렸다.-실내도 밝고 높게
· 상상력 자극 : 부엉이=부와 지폐의 상징
          커피=커피 마실 시간 없는 현대인들 조금 더 느리
          게 사는 모습 표현
          도시와 부엉이=부엉이 숨겨 화젯거리 만들어
· 자연을 찾고 싶으면서도 파괴하는 인간에게 메시지 전달

- 작은 것이 모여 다양한 인종과 공존하는 것
- 자폐아이들 : 소통부족―그림으로 자신 표현하는 기회 부여
- 나비는 날아가서 희망적인 메시지 전달
- 사람과 사람, 사람과 자연이 더불어 사는 희망이라고 그림을 그리고 있다. ―MC

□ **박규희** 음악가(클래식 기타리스트) ― 3. 29. SBS
카네기홀 초청공연

- 기타는 내 마음의 상처를 치유해준다. ―하루 13시간 연습.
- 지나온 30년, 앞으로 30년을 기대해 세상을 매혹시킨다.
- 일본에서 활동했으나 이젠 한국에서 연주에 주력할 예정.
- 클래식 기타 콩쿠르 참석은 자극제가 된다.
- 기타 연주에 불리한 작은 손 약점, 유연성으로 보완.
- 일본공연 반응은 소극적, 국내는 매우 적극적이다.
- 내가 할 수 있는 것은 기타 밖에 없다. ―어려서 판단
  타고난 재능 있다고 느껴본 적이 없다.
- 무대에서 실수했을 때도 실수가 아닌 인간적인 사고로 실수했다
  생각하고 자신감을 얻어 무대에 자신 있게 다시 선다.
- 특별한 손 관리―3일 전 요리 안하고 손톱도 보호한다.
- 음악은 치유다. 치유음색을 가지고 있고 사람마음 어루만져
  준다.

□ 서동윤, 조영락 2인극 주연 — '도둑맞은 책'

- 2011년 대한민국 공모전 수상작
- 2인극—영화 속 대화인지 실지로 있는 대화인지 애매모호하게 꾸려 나간 연극
- 끊임없는 전통이 있어야 미래로 나갈 수 있다. —MC

□ 김한사 도예가 — 경기도 안성소재, 홍대 졸, 자연이 빚은 예술, 비우고 다시 시작

- 흙과 도형정신—온도계 없이 연기의 색깔을 보고 안다.
  흙 작업 때문에 작업실 내부 따뜻하고 시원해야 한다.
- 분청과 유리의 조화—불, 흙 내 것화하여 작품을 만드는 것.
- 새로운 경험에서 얻은 아이디어, 아름답고 독특한 자연의 형태
- 도자기 자체가 물레, 여러 도예가 찾아가 경험
- 전통과 현대의 조형, 분청—유리 깨서 분청자기에 이용.
- 도구에 따라 다양한 표현—단순 담백한 변화
  　　　　　　　　　　　—흙과 유리 새로운 의도로 활용
- 밝은 색의 유리색 원했는데 녹아서 새로운 형태 작품 탄생.(의도된 색상이 안 나온다.)

＊ 자연과 인간의 조화
- 내가 좋아 왔으니 나의 유배지, 견디고 갈망하여, 의미를 전달하고, 마음을 전달해. 변화를 두려워 않고 비움에서 채워진다.
- 바닷가에서 쓸려 내려온 것이 압축되어 문화가 되고 작품이 된다.

□ 유진규 몸짓배우, 건국대 초빙교수 — MC 김지연

- 마이미스트-몸짓예술-몸짓배우
- 공연 시 그 어떤 목소리도 들리지 않는다. 몸짓이 이야기이고 씨가 된다.
- 유진규 하면 춘천이 떠오른다. 해마다 5월 첫 주부터 8주간 공연한다.
- 미치지 않으면 축제가 아니다.
  '연분홍치마가 봄바람에 휘날린다.' 계속 틀어놓고 연기
- 끝나고 나면 안한다고 하지만 가을바람 날 때면 다시 내가 무얼했나 생각한다.
- 마임은 삶의 전체, 삶 자체이다. 일반인은 그냥 몸짓이지만 나는 삶의 몸짓이다.
- 드러냈을 때 손해 보아 자꾸 감추고 드러냈을 때 오해가 생기지만 마음이 편하다.
- 존재의 있고 없고-비웃는 몸짓, 예술가의 봄 유진규에게는 1월이었다. 겨울인데도 봄은 따로 있는 게 아니고 마음과 같이 있다. 즉 몸과 마음은 따로 있는 게 아니다. 자기 몸은 자기 몸이라 생각했는데 마음대로 할 수가 없으니까.
- 자기 몸도 없어지고 그들이 원하는 대로 맞추어진 교육이다.
- 어떻게 깨우고 깨우쳐야 하는지 나의 숙제이다.—40년간 키워드
- 나에게 롤프 사례란?—돌부처다.(나의 별명, 말이 없어서)
- 고 2때, 자신의 생각을 생생하게 전달해주는 것보고 수많은 감수성 발휘, 말 안하면서 생생하게 전달할 수 있느냐?

아무것도 없는 공간에 살아가는 것 아닌가?
- 내가 돌부처처럼 말이 없는 세상에 살아서 느끼게 되었다. 새로운 세계 느꼈다.
- 대 재학 시 연극부에서 동아리, 중퇴 후 본격적으로 활동.
- 스트레스는 가까운 사람한테 제일 크다. ─ 모든 걸 끊고 산으로 들어갔다.
- 나에게 작품은 빈손이다. ─ 내가 가지고 있고 고집과 아집이 나를 잡고 있다. 내가 빈손일 때 무엇인가 가질 수 있다. 빈손을 가졌을 때 내가 유명해졌다.
- 마임 자체가 언어이고 이야기 전해준다. ─ 자신의 몸으로 모든 걸 표현해야 한다.
- 마임을 가장 즐기는 관객은 유치원 애들이다. ─ 상상으로 보기 때문이다.
- 나이 들수록 아무것도 안보이고 상상력이 닫힌다. ─ 혁신적으로 이해 못한다.
- 몸에 대한 사랑하는 것 ─ 마임자체이다.
- 하나의 도구를 생각할 때 자기는 없어진다. 자기가 없는 삶도 바람직하지 않고 목적에 갇혀있는 것이 인간의 마음이다.
- 몸에 대하여 보아라! 몸이 곧 삶이고 유진규다. ─ MC

오늘 만나다, 미래를…

배상민, 이문행, 신범, 손하나, 박강민, 김혜선, 박종호

▢ 배상민 카이스트 교수—KBS 1 TV(2015. 3. 15) / MC : 김재원 아나운서

＊ 창의력 키우는 지름길—메모하라. 즉 일기 써라.

- 내가 만약? WHAT IF?—내가 아이디어맨이 된다면 등등 의문을 가져야.
- 어느 공간 장소에서 한순간 몰입하면서 고민한다.—수많은 공상 때문에 잠 못 잘 때 깨달음
- 너무 오래 생각 말아야!
- 5분 깊게 생각하라. 멍 때리는 순간,
- 한 문제를 집중 있게 생각하라—창의적 생각
- 참고—오늘 '애마 : 화초' 가 죽었다. 내가 물을 안 주어 화초가 죽었다.

＊ 방아쇠 효과 — 창의적 아이디어 촉매

- 일기, 메모—노래로 연상
- 사람이 아프면 쓰러져, 화초도 물이 없으면 시들어, 오뚝이처럼 다시 살리려면?
- 문제를 일단 심어놓으면 무의식중에 문제가 풀어지고 있다.—5분을 몰입했으니.

＊ 창의력 비법 — 메모한다.

- grass paint—제3세계 페인트, 관심대상 계속
  － 세상을 바꾸는 착한 아이디어
- dream—꿈꾼다. 고로 나는 존재한다.

- 롤 모델을 찾아라. ─ 멘토 발자취
- 크고 큰 빛 큰 방향을 가까이 하지마라.
- 선진문화는 다양성 창의성을 인정한다.

* 미래는 꿈이 펼쳐질까?
- 각자의 자리에서 꿈 철학 생각이 있어야 빛을 낼 수 있다.
- 꿈을 단순하게 가져라!─자신을 쳐다보고 자신을 들어보라. 유행하는 꿈을 찾지 말고 자신의 빛을 낼 때 기회가 온다.
  ─보이스 피싱 아닌 비주얼 피싱으로!

* 배상민 교수 2차 강의 ─ 3. 15 KBS 1 AM 8시
- 디자인이 미래다. ─ 대한민국은 절망의 시대다!
- 기술은 일반화 된다. ─ 우위에서 평준화
- 일본 코닥사 ─ 세계 최초 디지털 카메라 출시, 코닥사에서 디자인 의뢰해 와
- 디자인 문제를 찾아내고 그 문제를 혁신적 창의적으로 해결해 나가는 것이다.
- 코닥카메라 섹시하고 예쁘게 디자인 의뢰해 와 ─ 기분 나쁨
  ─ 문제점 : 40, 50대 사용 안 한다. ─ 해결 원 터치로, 컴 연결이 필요 없는 디지털 카메라로
  북 유럽에서 최고 상품 등극 ─ 배 교수
- you know what?
- 내 작품보고 사용자가 나보다 기능 더 잘 알아
- 느낌─자만하고 있구나 깨달음.

- 누군가의 삶에 영향을 미칠 수 있구나.
- 내가 하는 행위가 나를 좋아해서 하는 것 아니구나.
- 아름다운 쓰레기를 만들고 있구나 깨달음.
- 명품은 영원하다.
  - 대물림 하는 것이 꿈이나 그 기업은 망한다.
  - 결국 소비를 조장하는 디자인이다.
- 건전한 윤리의식 없으면 디자인 자격 없다.
  - 내가 지구를 쓰레기통으로 만들고 있다고 생각.
- 모두가 꿈에 그리는 회사 그만두고 회사를 만들다.
  - 이상과 현실은 다르다.—자본주의 사회에서
- 약간 양보해야 하고 가치 있는 디자인해야 한다.
- 세상을 바꾸는 착한 디자인—꿈만 가지고 되는 것 없다. 피할 수 없으면 즐겨라.

✱ 너는 왜 디자인 하느냐?

- 대한민국 한 획을 긋고 인류를 위해 디자인한다.
- 20년 후 그때를 즐기던 친구들 지금도 즐긴다. 치열했던 친구는 지금도 최고디자이너이다.
- 네가 잘 산 것 같다. 우리가 잘못 살았다. 너는 많은 사람들에게 도움을 주고 있으니까. — 절제하며 주도적인 삶을 살아야 한다.
- 어떻게 아이디어를 백발백중 하나요?—비결
  - 과녁이 그려진 상태에 총을 쏘지 않고 총을 쏘고 그 부분에 과녁을 맞춘다.
  - 일기를 써라. 치열함을 남겨라.

✻ 나는 나눈다

- 전 세계에 하루 만 원 이상 쓸 수 있는 사람은 전 인류의 10% 정도이고 하루 80~90%는 2천 원을 소비 못한다.
- 인간욕망 — 필요 : NEED
  - 욕망 : DESIRE
- 필요 없이 올라가는 것이 욕망이다.
- 끝도 없이 욕망에 부딪히는 것이 인간이다. 99.9%는 상위 10%를 위해 디자인 한다. 구매력이 있으니까!

✻ 기업이 각종 기부활동을 하는가?

- 생활 속에서 나눔은 생활화하고 있다. — 서양인
- 홍익인간, 나눔을 가장 잘하는 나라 — 한국
  - 꿈 문화 진화이야기 — 놀랜다. 세계가
  - 자발적인 나눔을 해야 한다.
- 새로운 자선 나눔 project — world vision
- 소비자가 지불한 돈 100% 나눔으로…
  - ① 무시, 부인한다. 인정하지 않음.
  - ② 긍정적 단계진입—jump
  - ③ 부정을 긍정으로 가게 하는 것—착한 소비 이끌어 나누는 것이 디자이너 책임이다.
  - ④ 십자 + cross lube : 가로는 나와 이웃이고, 세로는 나와 신 의미— 서로 이웃이 단단해진다.

* 문제는 아이디어다

· kaist가 apple을 이겼어!—교수평가 1등급 — 은상 수상.

· 습기조절기 세계 4대 어워드 석권

· 뉴욕에서 14년간 최고의 디자이너들과 활동—나는 상 받는 디자이너—4번 최고상 석권

· kaist 8년 동안 디자이너상 48번 수상

· 왜 이런 축복이 생길까?

  문제를 해결하고 쓸 수 있게 하기 때문이었다.

* GOOD DESIGNER 3요소

① 아름답게 만들어라 — 아름다움

② 기능성 있게 — 새로운 이미지

③ 상징성 — 가장 어렵다

· 하트 모양일 때 가장 빛을 낸다 — 사랑이 익으면 빛은 난다.

  — 세상을 바꾸는 디자이너

  — 씨앗 프로젝트

· 아프리카에서 8년차 봉사활동

· 아프리카 현지 봉사활동 — 물 부족 위해 6년간 비가 안와서

  ① 흙 정수기 제작 — 현지 재료로

  ② 태양열 전지 개발

  ③ 모기퇴치용 스프레이 제작 — 반영구적으로 만듦

    — 현지 제작 후계자 교육 = 지원자 교육

    — 나눔 기부 무상전달, 자기 힐링—물과 전기제공

· 10년 20년 문화 지키며 독립생활 시키는 것이 목적 : 원조자는

모르고 자기들이 해냈다 생각―현지교육덕분
· 모든 재료는 현지에서 조달하고 태양열판은 가지고 간다―태양
열판 한 개 오천 원 정도

* 3H―3D : 꿈, 디자인, 나눔

· 순차적으로 생기지 않는다. 영구적으로 같이 가야.
· 각자 자기 환경에서 찾아야 한다.
· 90과 10의 다른 비율―전 세계 상위 1%가 대학 졸업자이다.
  ― 90 : 10, 95 : 5, 97 : 3, 80 : 20 등등
· 상위 1%가 되기 위해 치열하게 산다.
· 우리는 전 세계에서 상위 1%에 속한다.
  ― 대학 신입생에게 우리는 혜택 받을 만 하다라고
· 99%와 1%의 차별성 : 99%는 아프리카에서, 1%는 대한민국에서
태어났다.― 그냥 주어졌다. 1%의 축복을 99%를 위해 주라고.
· 나눔은 선택이 아니다. 99 : 1 99%에 빚지고 있다.
· 젊은이들에게―배상민 교수
  ① 꿈을 가져라 ― 흉내 내지 마라.
  ② 치열하게 살아라 ― 주어진 환경에서
  ③ 99%를 위해 살아라 ― 봉사하라!
· 나눔 디자이너, 실천하는 카이스트 디자인과 교수 배상민―2015년
3월 15일 KBS TV1 PM 8시

대한민국 천년의 미래

☐ 이문행 미, 춤꾼

- 오디션 천 번 보고 네가 아닌데 또 보려고 하느냐?—심사자
- 두고 보자, 계속 도전하자, 이루어지지 않은 일을 이루어졌다고 생각하자.
- 무대가 커질수록 꿈도 커진다.
  댄서가 아닌 공연자, 예술가로 발전해간다.
- 태평양 서커스 = 리허설 성공
  ― 거리에서 춤추던 미래가 눈앞에서 펼쳐진다.
  ― 관객환호에 미소는 관객에게 답했다.
- 새로운 도전이유―위에 올라갔을 때 새로운 세상이 보여 다시 도전한다.
- 수많은 실패, 성공의 미래 써내려간 이문행―MC

☐ 신 범 희귀동물 사업가

- 희귀동물 마니아, 희귀동물 대중화시킨 카멜레온
- 거래처―세계 각국 유통시킨 동물 ― 1,200여종
  ― 합법적 유통이 원칙.
- 호기심으로 키운 도마뱀으로 사업 변신, 취미로 시작
  ― 경험은 최고의 재산이 되었다. ―먹이연구 겸 곤충연구.
- 경기 화성에서 비닐하우스로 시작, 곤충, 먹이, 희귀동물 등

- 희귀동물사업 컨설팅 — 성공
- 생명을 죽였다는 자책감 — 실패 시
  - 실패는 뼈아팠지만 많은 걸 배웠다.

□ 손하나 · 박강민 중국 상하이 분식점

- 손하나 — 하고 싶은 일 하는데 채워지지 않았다.
- 박강민 — 행복한가? 잘한 게 무어냐? 좋아하는 게 무어냐?
  - 중국에서 우연히 만나 2평에서 분식집 시작. 이왕이면 제대로 한방 크게 해보자 시작 계기.
- 음식은 유행 따라 해야 인기 지속.
- 할 수 있어, 할 거야, 잘 될 거야—할 수 있는 일, 즐길 수 있는 일 하면 행복이 따라온다.

□ 김혜선 여자경마 프로기수

- 여자기수 새 지평, 슈퍼땅콩 김혜선
  - 큰 동물과 함께 한다는 것이 매력, 말은 정성들인 만큼 알아 준다.
- 능력이 떨어지는 말을 타고 그 말의 능력을 끌어내는 실력이 있 다. —말에 대해 성실해야겠다는 신념 하나로…
- 꿈의 100승 얼마 남지 않아 무릎 인대 파열 — 공백 5개월
- 150센티 작은 키 문제, 대학포기 — 승마기수로 전환
- 통산 132승 달성, 작은 키 벽을 넘어선 승마기수 김혜선

□ 박종호 케냐 수도 나이로비에서 초밥전문점 운영

· 최고가 아니면 손님에게 내놓지 않는다.
· 발로 뛰는 박종호, 현지문화 익히는 박종호.
· 칼도 잡아본 적 없어 처음부터 배우기 시작—3년 동안 배웠다.
· 불법, 언론과 절대로 타협하지 않았다. —특징
· 배우기도 힘들지만 숙달하기도 어려운 게 초밥전문점이다.
· 가게 무슨 일 생기면 직원들이 똘똘 뭉쳐 나를 보호한다.
· 아프리카는 도전의 땅이다. 상류층에서 중류층으로 소비가 옮겨
  간다.
· 아프리카 도전자 박종호 – MC

종교, 종교인
(OH MY GOD 외)

가톨릭 : 프란치스코, 한상봉, KBS, 오창익, 차동엽, 신승환
OH MY GOD : 인명진, 홍창진, 월호, 고성국, 김소정

□ 파파 프란치스코
세계를 바라보는 교황의 시선 — 저서 『천국과 지상』, 『신앙의 빛』

· 서로에 대한 이해가 있어야 존경도 애정도 우정도 시작된다.
· 스스로 하나님이라고 생각한 그들은 21세기에 국가 전체를 파괴
  했다.
· 독선은 자신을 위해 종교를 이용하는 모든 거짓 예언자들과 잘
  못된 종교 지도자들을 식별할 수 있게 해준다.
· 사제를 포함한 모두가 하나님의 백성으로 사제나 주교가 종교의
  왜곡이라 할 수 있는 교권주의에 빠져서는 안 된다.
· 종교지도자를 평화를 구현하기 위해 사람들 사이를 조정하는 중
  재자 역할이라고 규정.
· 종교의 역할에 대해 — 정의로운 종교, 종교적 정의는 문화를 창
  조한다고 강조한다.
· 세계화는 여러 국가를 노예화하는 수단일 뿐이다.
· 오늘날 공산주의를 반대하지만 오늘날의 통제되지 않은 경제적
  자유주의도 마찬가지로 반대한다.
· 빵이 없어서 혹은 인간의 존엄성을 지킬 수 있는 직업이 없어서
  더 가난해지거나 극빈층이 되어서는 안 된다.
   — 즉위 후 내온 목소리의 기원
· 교황 방한은 종교를 넘어선 국가적 이슈다.
· 프란치스코 교황은 가난한 자의 벗으로 칭송되며 청빈하고 겸손
  한 생활로 세계인의 신망을 받고 있다. — 7. 4 경향신문

* 세상에 얽힌 매듭 말과 행동으로 풀려는 교황

- 가난한 자는 힘든 일을 하면서 박해를 받는데 부자는 정의를 실천하지 않으면서 갈채를 받는다.
- 인간이 가져야 할 미덕 중에 최고의 미덕이 무엇이라 생각하나요? - 다른 이에게 자신의 자리를 내어주는 사람이라고 생각한다. 그리고 이는 온화함에서 비롯되어야 한다. 온화함은 저를 매료시키기 때문이다.
- 로마의 거리를 걷고 싶은 마음이 얼마나 드는지 아세요? 왜냐하면 저는 카헤에로 즉 거리의 사제이기 때문입니다.
- 우리는 자신으로부터 나와서 인간의 거리로 가야 합니다. 힘든 자들의 상처에 손을 대어 부드럽게 어루만질 때 우리 사이는 하나님을 찬미하고 예수님의 상처를 볼 수 있다는 사실을 발견할 수 있다.
- 인생은 축구와도 같다. 반칙을 하면 벌을 받아야 하고 공이 어디에 떨어질지 아무도 알지 못한다.

* 교황의 행복 조연 십계명

① 살고 살게 하라.　　② 남을 위하여 나를 내주라.
③ 고요히 흐르라.　　④ 여가를 즐겨라.
⑤ 일요일에는 쉬라.　　⑥ 평화를 위해 일하라.
⑦ 젊은 사람에게 일자리를 만들어 주어라.
⑧ 자연을 돌보고 존중하라.　　⑨ 부정적으로 생각하지 마라.
⑩ 개종시키려 하지 말고 타인의 믿음을 존중해라.
- 평화를 갈구하는 목소리를 내야 한다면서 마치 침묵이 평화처럼

보일 때도 있지만 평화는 결코 침묵이 아니며 행동으로부터 나온다.

＊ 교황의 외적 세 가지 ― 치유, 화해, 격려이다.

· 치유는 교황의 최우선 사안이다.―지구상의 각종 사고 사건에
· 화해―남북화해를 위한 교황의 사랑 평화와 화해를 위한 미사, 명동
· 격려―젊은이들은 인류의 새로운 방향을 제시하고 미래로 열어준다.

＊ 교황은

· 모든 것을 보고 많은 것을 식별하고 작은 것을 시정하라는 요한 23세 교황의 말을 매사를 위한 실행지혜로 삼고 있다.
　역으로 교황의 작은 행보는 많은 중요한 것과 모든 국민을 겨냥하고 있다는 의미가 된다.

□ 행동하는 교황에 부치는 편지
― 정동에세이 가톨릭뉴스 주필 한상봉

· 교회는 하나님의 은총을 나눠주고 세금을 걷는 세관이 아니라고 한 당신
· 교회는 친구와 부유한 이웃이 아니라 가난한 이들, 병든 이들, 멸시 무시당하는 이들, 우리에게 보답할 수 없는 이들에게 먼저 다가가야 한다고 한 당신

- 교회는 가난한 이들을 복음화 시킬 생각을 하기 전에 가난한 이들에 의해 복음화 되어야 한다고 말씀 한 당신
- 두려움 없이 변방에 가서 상처받은 이들 곁에서 함께 상처 붙는 야전병원이 되라고 이르시니 보상도 희망이 없이 사랑하는 그런 영혼한 사랑만이 영혼한 슬픔을 치유한다는 사실을 잘 아는 당신
- 관료나 정부의 공무원처럼 행동하는 성직자를 원하지 않는다고 하신 당신 무엇보다도 자비의 사목자들이 되어야 한다고 한 당신
- 교회는 전쟁이 끝난 뒤의 야전병원이라며 상처를 치유하고 나서 나머지 것을 말할 수 있다고 한 당신
- 콘스탄투시온 광장에서 넝마와 수레를 재단 삼아 거리미사를 봉헌했던 심정으로 광화문 네거리로 오시고 주저하거나 망설이지 말고 두려움 없이 가장 상처 입은 자들의 손을 잡아 주시오.

＊ 이 세상일은 풀려가는 순서가 있고 순리가 있다. — 프란치스코

내가 조금 양보한 그 자리, 내가 조금 배려한 그 자리

내가 조금 낮춰 논 눈높이, 내가 조금 덜 챙긴 그 공간

이런 여유와 촉촉한 인심이 나보다 더 불우한 이웃은 물론 다른 생명체들의 희망 공간이 됩니다.

나와 인연을 맺은 모든 사람들이 정말 눈물겹도록 고맙습니다.

가만히 생각해보면 이세상은 정말 고마움과 감사함의 연속입니다.

＊ 프란치스코 교황 한국방문 영상 메시지 — 8. 8 KBS

- 이 사도적 여정이 한국의 교회와 사회를 위하여 높은 결실을 맺도록 함께 기도해 주시기 바랍니다.

- 다시는 전쟁이 일어나지 않게 해야 한다. 전쟁은 모든 것을 파괴하기 때문이다.
- 작은 것을 소중히 여기고 어려운 사람을 이웃으로 하여라.
- 교황은 이탈리아 이민자 출신으로 아르헨에서 태어난 남미 최초 1300년 만에 비 유럽출신 교황임. 늘 힘들고 소외된 자를 위해 실천함.

* 그들은 왜 교황을 기다리는가?

- 눈치 볼 수 없는 정부
- 작동 멈춘 야당과 정치
- 자본주의 편에 선 제도
- 기득권층과 부자 편에 선 종교
- 마지막으로 기댈 언덕조차 사라진 사회 : 세월호 유가족 실낱같은 희망을 걸고 있다.

* 교황 집무실 글

① 소란스럽고 바쁜 일상 속에서도 침묵 안에 평화가 있다는 사실을 기억하라.

② 포기하지 말고 가능한 모든 사람과 잘 지내도록 하시오.

③ 분명하고 진실하게 말하고 어리석고 무지한 사람들 말에도 귀를 기울이시오.

④ 목소리가 크고 공격적인 사람들을 피하십시오. 그들은 영혼을 괴롭힌다.

⑤ 다른 사람들과 비교하면 하찮고 비참한 마음이 든다. 위대하고 더 못난 사람, 언제나 있기 마련이다.

⑥ 계획한 것 이루어지면 즐거워하라. 사소한 일도 온 마음을 쏟아

라. 변하지 않는 시간의 운명 안에서 진실을 소유할 수 있기 때문이다.

⑦ 사업상 일도 주의하라. 세상은 속임수로 가득하기 때문이다. 그러나 세상은 미덕이 있고 높은 세상을 위해 애쓰고 삶은 영웅적 행위로 가득 차 있기 때문이다.

⑧ 본인의 모습을 찾으시오. 가식적인 모습이 되지 마시오.

⑨ 사랑에 대해 냉소적이지 마시오. 무미건조하고 꿈이 없는 상태에서 사랑은 잔디처럼 돋아나기 때문이다.

⑩ 나이든 사람 충고 겸손히 받아들이고 젊은이들 생각에 품위 있게 양보하시오.

⑪ 갑작스런 불행에서 보호하려면 영혼의 힘을 키워야 한다. 두려움은 피로와 외로움에서 생겨납니다.

⑫ 자신에게 관대해지도록 노력하시오. 우주는 질서대로 펼쳐지고 있습니다.

· 관대하라. 다른 사람 삶을 인정하라. 함께 사는 것이 천국으로 가는 열쇠다.

□ 어서 오세요 교황 프란치스코 — 오창익 인권연대 사무국장

· 천주교 아시아 청소년대회 및 124위 순교자들에 대한 시복식 참석차 방한

· 경제성장은 이루었지만 극단적이며 돈만 쫓는 천박한 풍조는 세계적임

- 세월호 침몰처럼 국가 존재이유를 묻는 각종 참사가 되풀이 되는 나라
- 연일 파격적인 언행으로 세계에서 가장 주목 받는 지도자가 된 교황
- 잘못된 체제와 기득권의 탐욕에 대해 분노를 쏟아내기도 했다.
- 특정사안에 심판자 역할을 하려는 것은 아닐 것이다.
- 시대와 장소를 불문하고 일관할 수 있는 인간사회의 보편적 원리를 되짚어보는 좋은 기회를 얻게 될 것이다.
- 돈보다 생명을 이윤보다 안전을 구해야 한다는 교훈을 보편적 인권 이념을 이해하게 될 것이다.
- 어떻게 사는 것이 진정 사람답게 사는 것인지에 대한 일반적이고 보편적 답을 구할 수 있을 것이다.
- 우리 자신의 사람됨을 들어볼 수 있는 모처럼의 좋은 기회가 될 것이다.

* KBS 라디오 특집 — 8. 13

- 인간은 종교가 있든 없든 영성이 있다. 종교가 있든 없든 서로 배려하고 봉사하고 희생해야 한다.
- 하늘에 더 가까워지고 이웃에 더 가까워져라.
- 항상 낮은 곳에서 생활하라.
- 지금의 대한민국은 지쳐 있다. 겸손과 소통으로 꼬인 매듭을 풀어라. 나만 살 것이 아니라 모두 정의롭게 살아야 한다.
- 낮은 곳을 험한 곳을 향하여 — 무관심의 세계화
  내가 해도 될까요? 고마워요! 미안해요!

□ 차동엽 신부

배려와 감사 용서를 담은 말 한마디는 소중한 사람과의 관계를 이어준다.

□ 신승환 가톨릭대학 철학과 교수

- 규제 없는 자본주의의 새로운 독재를 경고하고 인간성을 말살하고 인간을 죽음으로 내 모는 물질만능의 문화와 사회에 거침없이 맞서고 있다.
- 아무 일도 없는 척 하지마라.
- 시간이 공간보다 더 중요하다.
- 교황의 방한이 우리사회의 문화가 정신적 새로움으로 향해가는 엄중한 계기가 되기를 희망한다.

＊ 경향신문 특집 — 8. 14
- 세월호 아픔 마음속 깊이 간직 희생자들 기억하고 있다 —공항에서
- 희생자 — 더 이상 기댈 곳 없어 교황님이 바꿔 주시길
- 차가운 바다 속 10명 — 가족 품으로 돌아오길 기도를
- 장애인 새터민 이주노동자 — 낮은 사람들부터 챙겼다.
- 환경단체 소수자 약자들 포함 가장 먼저 만남 — 공항에서
- 교황청 대사관으로 이동 후에도 미화인 시설관리인 초청 격려
- 한국에 은총이 함께 하길 특히 노년층과 젊은이들에게
- 국빈방문에도 대통령 정치인 만찬 일정 안 잡혀

- 한국서 가장 작은 차 타겠다고 하여 소울 승용차 타겠다.
- 숙소는 교황청 대사관 대사 쓰던 침대 옷장 그대로 사용

✽ 한겨레 신문
- 약자들 절박한 요구 해결해 줘야 ─ 사람 중심 사회요구
- 평화는 정의의 결과 ─ 불의 잊지 않고 용서로 극복해야
- 한국사회 분열 극복하려면 한 사람 한 사람 목소리 듣고 소통의 대화 늘리는 게 중요 ─ 청와대 연설

☐ OH MY GOD / TV N〈종교, 종교인〉 ─ MC : 고성국
인명진 목사, 홍창진 신부, 월호 스님, 가수 김소정

- 세속에 사는 한 안전한 것은 없다. 관계가 스트레스 원인이다. 가장 힘든 것이 인간관계이다.
- 인연의 시작은 고통이다. 사람이 해방감이 지나면 사람에 대한 동경심이 생긴다.
- 인간관계에서 사람으로부터 행복이 나온다. 나에게서 숨은 '나'의 의미를 알아라.

✽ 조폭과 신부의 같은 점 5가지 ─ 홍 신부
① 검정옷 입는다.　　　② 보스에 복종한다.
③ 선후배 관계가 분명하다.　④ 나 홀로 관계가 확실하다.
⑤ 식당에 가면 밥값 안낸다.

- 무소유는 스님이 가는 길 — 무소유는 스님, 유소유는 신자들!
- 신부는 정규직, 스님은 은퇴 없다, 목사는 비정규직
- 종교의 돈은 자유, 세속의 돈은 불안
- 하나님께 다 아는 것은 깨달음
  기독교 신앙의 일부는 돈이다 — 현금카드로 현금 결제
- 신부가 신자에게 돈 떼이면 건강 잃고, 신자 잃고, 돈 잃고

＊ 배고픔과 돈 고픔

적성을 따지는 것은 사치이다.
돈보다 행복한 직업을 찾아라.
꿈을 가져라. 적성을 찾아라.
하고 싶다를 하고 싶은 걸로 바꾸어야 한다. – 신부
세상을 이루는 것이 행복이다.

＊ 종교인 토크

- 죽기 전에 회개 않는 사람 없다.
- 깨달으면 다시 태어나지 않는다.
- 현세는 마음이 편하냐, 행복하냐, 잘 사느냐가 문제다.
- 종교는 숫자가 아니다. 하나만 아는 것은 하나도 모른다.
- 종교간 못난 싸움 이제 그만했으면 한다. – 신부

＊ 개성이란 — 2014. 12. 13

- 언제든 그만두어라. 위로의 말 아니다.
- 상황 때문에 선택한 것은 개성이 아니다. 비범한 사람이 되려면

평범함을 벗어나야 한다. - 스님

(가수 장사익 45세에 데뷔)

- 어느 때 개성 찾아낸 것이 인생이다. - 스님
- 개성 찾을 때가 있다. 객관성이 필요 - 목사
- 개성 말살 사회로 몰아친다. - 신부
  인간 본연의 가치를 물질사회로 몰아가기 때문에 개성 못 살린
  다. - 나와 다른 사람을 배척하는 사회
- 에디슨이 한국에 태어났으면 대학 못간다. - MC 김소정
- 우리나라, 우리가족, 우리 회사, 우리뿐 나는 없다.
- 틀림과 다름을 구분 못한다. 개성 말살하는 교육이 문제 - 목사
  점수냐 개성이냐 희망이냐를 따져 대학 선택해야
- 나를 찾을 수 있는 것이 개성이고 최고의 교육이다. - 스님
- 종교야말로 최고의 멘트중심이다. - 신부
  그러나 사회는 반대이다. 기도만 강변하는 종교이다.
- 종교인 뿐 아니라 다양한 부분까지 멘트 해야 한다. - 스님
- 용기와 포기다. 개인 용기 필요 - 스님
- 천국의 계단, 즉 최고를 향한 계단 - 신부
- 양보도 불가, 평범도 개성이다. - 목사
- 양보도 불가인 개성 포기할 줄 알아야 천개의 계단 올라 최고를
  향하여 개성이 발휘된다. - MC 고성국
- 천직을 찾는 것은 나를 찾는 것

＊ 테러리즘에
- 근본교리를 찾아 초심으로 돌아가야

- 자애경 ─ 자비롭게 사랑하고 존경하라.
- 종교의 교리를 제대로 실천해야.
- 이웃, 이웃종교, 이웃정치, 이웃을 뛰어넘어야 한다.
- 테러 ─ 부러진 화살이고 결국 부러진다.

  자애심이 답이다. 자애심으로 극복하라.

  미친 짓이다.

  가벼운 행동에서 나온다.
- 내가 베푼 사람이 나를 해치더라.

＊ 종교 갈등시

- 운명으로 받아들여라.
- 가정의 행복을 위해 순응해라.
- 사랑하느냐, 않느냐가 중요하다. ─ 부모, 부부간, 형제간, 이웃간
- 종교개념 ─ 역지사지로 생각하라.

  강요하는 마음으로 하느님을 채울 수 없다.
- 기독교 교리 : 배타적이고 극단적이고 보수적이고 독선적이다.

  ─ 인명진 목사
- 불교와 유교는 천년을 부딪쳐 화해했고, 유교와 천주교는 백년을 부딪쳐 깨달았다. 기독교는 백년밖에 안되어 장차 순응할 것이다. ─ 홍창진 신부

＊ 내가 종교인이지만 이것만은 싫다

- 인 목사 ─ 열차 안에서 전도하는 것, 기독교는 사랑이다.
- 스님 ─ 자신만 수련하려 하는 것, 사회봉사활동이 부족하다.

- 수녀 – 신부는 타종교와 친화력은 좋은데 강론준비 소홀하다.
  - 일부사제들 게으르고 적극적이지 못하다.
- 기독교는 자기할 말만 하다 다 지나간다.
  - 수양하는 모습 부족, 깨달음 부족

＊ 한국종교 주목하는 이유

- 종교분쟁 없이 평화롭게 유지되는 한국―불교의 넉넉함, 천주교의 묵직함이다. ― 인명진 목사
- 세월이 가면 개신교도 보다 넉넉해진다.

＊ 종교 갈등해법

- 사랑이 해답이다. 자기연민을 해라. ― 스님
- 서로 이해하라. 서로 존중하고 타종교 비방 마라. ― 수녀
- 다들 똑같이 대하라. ― 신부
- 져주는 것이 기회다. 평화의 기회 ― 여 목사
- 이해 기다림이다. ― 인 목사
- 져 주고 자기연민하고 사랑하고 배려하고 이해하면 된다. 서로의 입장을 이해하고 다름을 인정하라. ― MC 고성국
  ※ 인간은 자신이 사랑하는 사람은 완벽하다고 믿는다.

＊ 리더 상실의 시대, 리더의 조건

- 리더는 먹고 사는 것을 넘어서야 한다.
- 리더는 표면보다 본질에 충실해야 한다. 사는 것은 습관이다.
- 대중이 원하면 소도 잡아먹는다. ― 스님

－ 모든 결정은 대중의 의견을 중시한다는 뜻
- 아깝다는 생각 버려야 리더의 자격 있다.
- 공사를 구분할 줄 알아야 한다.
  － 인간관계를 부드럽게 하고 독선굴레 벗어나야
- 미안하다. 나는 인간적으로 겁이 많다.
  － 자신의 허물을 진정으로 깨닫는 것
- 자신을 위함이 아닌 다른 사람을 위한 것
  － 섬김 미명이 아닌 나를 위한다는 느낌
- 전쟁터에서 백만 군의 정복보다 나 자신 정복하는 것이 더 어렵다.

＊ 리더란

- 신, 언, 서, 파, 안－즉 모습, 언어, 문장력, 판단, 시각력을 가진 자다.
- 참 사람 되기
- 탑 다운 능력－자기를 낮추고 비우는 것(TOP DOWN)
- 보듬어주고 어루만져주는 어버이 마음
- 리더는 희망을 전달하는 전령사다. － 나폴레옹
- 리더는 독선의 굴레를 벗어나라.
- 감동에 감동을 주는 리더－미안하다, 자신의 잘못을 인정
- 소임을 다하는 자가 진정한 리더이다.
- 대웅전이란 영웅을 모신 곳이나 실제론 부처님 상을 모셨다.

한국, 한국인

황병기, 한말숙, 이에리사, 김희수, 유중근,
김한민, 김진선, MC 정용실

□ 고 황병기 교수 가야금 연주, 작곡가 – KBS MC : 정용실 아나운서

· 하늘의 별은 신라 때의 별과 같다. 신라인과 같은 마음으로 심향
  후 창작

* 왜 가야금 인생인가?

· 그저 좋아서 가야금과 연애하고 연애하여 오고 있다.
· 1974년 이대 국악과 교수 임용 – 죽을 때까지 가야금과 함께 가
  겠다.
· 인생의 참스승, 친척 가정교사, 국도극장 창극 관람 후 가야금 관
  심–피난지 무용연구소에서 시작
· 가야금 소리에 선인들의 목소리 듣는 것 같다.
  아인슈타인도 바이올린 프로급이었다.
· 나는 편안한 게 좋다.
  젊은이여 야망을 – 가장 싫어한 글(평범하게 살자는 의미에서)
· 변화 없는 게 좋다. 전화번호, 강북 거주 등
· 미국에서 부친의 편지–가야금 하는 것 자랑스럽게 생각한다.
  가야금 반대한 것 미안하게 생각한다.

* 와이프는 한말숙 소설가(5세 연상)

· 반대상황에서 살아온 부부, 지구가 둥글다고 떨어져 죽는 것 아
  니냐. 무식한 것이 낫다. 안다고 껍죽 안 댄다.
· 간섭대신 넉넉한 마음으로 자식교육, 시대를 앞서간 한말숙 소
  설가

- 1990년 최초 평양 범민족 음악회 참석—분단의 장벽을 가야금 소리로 풀었다.
- 유럽순방 연주 시 파리에서 연주 후 25시 작가 게오르규 무대에서 축하받음
- K-POP은 외국인에 폭발적 청량음료, 가야금은 명상적 신곡, 생수 같음
- 내가 추구하는 음악은 가장 한국적인 것, 전 세계에 없는 음악, 내 음악을 하겠다. 한식도 전통한식, 음악도 전통음악을(클래식도 좋아함. 바흐, 파르스타)
- 삶은 고통의 연속, 그러나 고통 속에는 재미가 있다. 진짜 재미없는 것이 재미있다. 재미있는 것은 오래 못 간다.
- 현대인의 정신을 해독시키는 음악, 마음 깊은 곳 두드리는 듯하다.
- 가야금 음반 출반예정
- 내 음악을 좋아하는 사람과 사는 데까지 열심히 연주하겠다.
- 청량음료 아닌 샘물 같은 음악 평론가—MC 정용실 아나운서

☐ 이에리사 국회의원, 아시아게임 선수촌장

- 1954년 보령에서 출생, 선수출신 국제대회 최초 선수촌장
- 아시아경기 45개국 선수 13,000여명 참석, 대한민국 브랜드가치 높이고 다시 기억되는 나라로 하기 위해 감동을 주는 선수촌으로 국격을 높이겠다.
- 태릉선수촌장 시절에

- 공동화장실부터 개조
- 결과만 보는 선수촌 시설 낙후, 우리 집 같은 분위기로 개조 노력
- 냉정한 마음으로 실행해 나갔으나 시간 지나니 배려의 마음 이 생겨
- 선수들 거주하는 최고의 선수촌 지향
- 국교 4년 때 탁구시작, 중 3때 국내대회 7연패. 사라예보 19전 전승
- 화려했지만 선수생활 빨리 끝냈다. 25세 은퇴, 지도자생활, 후진 양성
- 항상 긍정 칭찬, 승자에 대한 박수보다 패자에 대한 위로를 했 다.(후배들께)
- 지도자들에겐 기다림이란 내공이 있어야 한다. 항상 잘해야 한 다는 부담감이
- 좋은 선수 길러낸 지도자로 욕심냈다.
- 선수촌장에서 여의도 입성, 비례대표 국회진출, 현장과 가까운 체육계 발전 위해서
- 이상과 다른 정치현실 느꼈다. ─이에리사 의원
  ① 대한민국 체육 유공자법 통과시킴
  ② 체육 복지법 추진
  ③ 체육관련 박물관 설립 추진
  ④ 스포츠 공정위원회 창립 추진
- 아시아 게임에 응원과 자부심, 스타들의 창의력 부탁
- 순리에 맞게 살자. ─이에리사 국회의원

□ 김희수 건양대 총장 — 3. 16 KBS

· 젊은 세대와 소통하기 위해 그들의 언어 속으로 들어가야 한다. 학생들의 생각을 알아야 소통되고 생각한 것은 실천한다.

· 미 유학 시 간호사가 환자를 대하는 자세를 배웠고 세밀한 안과가 적성에 맞았다.

· 유학 시 국민, 민족에 대한 열등의식을 느꼈고 인간에 대한 애정을 느꼈다. 노인, 불우청소년 등등.

· 독학으로 의사가 된 형이 인생의 본보기에 아버지 같은 존재였다.

· 고향의 지역사회를 위해 봉사로 육영교육사업 시작(61세), 중고대 설립

· 대학졸업 시 자신감 심어주고 사회가 필요로 하는 인재육성, 문과와 이과가 융합하는 인재로

· 아직도 이루지 못한 꿈이 있는데 나이 80이 넘었다.

· 학생 교수 동아리와 함께 하여 대화소통에 노력하고 학생들 음주문화 개선에 노력하고 있다.

· 교육자는 학생들을 지도하고 이끌 의무가 있다.

· 자식에 물려줄 것은 물질이 아니라 교육에 투자하여 주어라.

· 치열한 국제경쟁력에서 살아남을 수 있는 교육에 치중하고 명문사학으로 키우는 게 꿈.

· 연륜의 지혜를 배웠다. 병원 성황 시 10명의 의사가 3,000명 진료

□ 유중근 대한적십자사 총재

· 싸워서 이긴 것 하나도 없다.
· 나눔은 덧셈이고 성숙이다.
· 삼년단위로 나누어 대화하면 가족이 편안하고 모두가 소통된다.
· 작은 돈 아끼고 큰돈은 아끼지 마라.
· 청소년기에 봉사의 기회는 사랑과 체험을 통해 터득한다.
· 인간의 고통, 존엄성, 이해와 협력을 통해 봉사의 정신을 터득
  한다.

□ 김한민 영화감독 —'명량' 감독(순천 출생, 연대서 경영학 전공)

· 영화동아리 첫 작품 '최종병기 활'
· 한국영화 사상 최단 최대 기록 — 관객, 1,750만 명, 매출 1,300억,
  손익분기점 관객 650만 명
· 진실을 다해 제작하면 관객과 소통
   — 기획·구상 1년, 시나리오 작성 1년, 프리비전 1년, 촬영 7개
     월, 편집·그래픽 5개월, 총 4년 완성 후 공연
· 이순신의 난중일기를 습관적으로 읽어 영감을 얻었다.
· 주제는 이순신 정신, 두려움이 이순신을 감싸고 있었다.
· 두려움을 용기로 바꿀 수 있다면 싸워 이겨야 한다.
· 바다에서 실제촬영, 배 4척으로 촬영, 배 운영은 9척으로 촬영 완
  료. 설득의 문제이지 설득당할 문제가 아니었다.
· 두려움은 내 삶의 화두, 수군의 화두도 두려움이었다. 그 중심에

이순신이 있었다.
- 두려움 극복은 자기 헌신이다. 스트레스 1위는 야전사령관, 2위는 영화감독이다.
- 결정에 대한 두려움과 정신적 부담이 컸다. — 정신적 스트레스

✻ 이순신 정신 — 애민정신

- 아들 — 아버지 왜 싸우십니까?
  이순신 — 의리이기 때문이다.
- 장수된 자는 충, 충은 백성, 백성은 왕을 향한다.
- 활 쏘는 것 배워 두려움을 직시하고, 바람을 뚫고 이겨야만 한다.
- 사극은 멋과 맛이 있다. — 의상, 말투
  갓 — 빛은 숨은 아마추어 인물이 산다.
  전통혼례 — 존경하며 살라는 분위기로
  또한 사극은 이질적인 전통에 부딪쳐
  내 삶을 성숙, 극복시켜 나가는 것이 영화 — 도전정신
  잠시대기(내 별명) — 불만스러울 때, 본질을 현장에서 선택, 긍정
  　　　　　　　　　　　적 역할
  새로운 도전, 새로운 소재, 바로 지금 — 김한민 표
- 일본은 역사를 모른다고 가르쳐야 한다. 자성할 수 있는 분위기를 알려주어야
- 2부작 한산대첩, 조선수군 위용 — 거북선 등장
  3부작 노량대전 — 명나라 = 이순신 사망, 임진왜란 종결
- 영화가 힘 있는 매체가 되어 있다.
  의미를 담고 기운을 담아 영화를 만들겠다.

시대정신이 반영되는 영화가 제작되어야겠다.

· 의미 있는 영화가 대중적인 혁신을 끓어내 일류사회 세계화에 의미가 있다.

· 420년 전 이순신―홍행을 넘어선 시대와 소통하는 영화 ― MC 정용실 아나운서

· 이순신 장군은 32세 늦은 나이에 과거에 급제하고 14년간 변두리에서 수군으로 근무, 전쟁에서 23전 23승하고 12척의 배로 133척의 왜적을 물리침.

☐ **김진선** 평창동계올림픽 위원장, 전 강원지사, 월남전 참전(69세)

· 몸이 멀어지면 마음도 멀어진다.
  복지수준은 수준이 높아지면 질수록 같이 비례해야 한다.
  복지는 맞춤형으로 해야 한다.
  사람 냄새나는 공직자가 되고 싶었다.
  질적 내실, 한국다운 올림픽, 국가발전 올림픽
  기업 참여, 국민마케팅―참여하고 관심을 가져달라.

· 고향은 마음의 안식처, 발전소망, 마음이 움직이면 뜻이 이루어진다.

황금강의 / 어록

윤은기, 이내희, 김병두, 전미옥, 스티브 잡스, 아루터 마유미,
김진미, 강기욱, 강우현, 마더테레사, 윌슨, 폴리, 네로이 하이,
이병철, 닉슨, 미 해군사령관, CEO

☐ 윤은기 박사 — 생각의 틀을 바꿔라

* 생각의 순도를 바꿔라
- 다양성으로 바꿔라. 사실을 사실대로 인정하라.
- 순수하게 생각하라. 진짜는 진짜, 가짜는 가짜대로 생각하라.
- 법질서를 지켜라. 편 가르기 하지마라.

* 선진국 요소
- 생각을 바꿔라. 더 크게, 더 빠르게, 더 순수하게
- 경쟁력을 가져라—early mover
- 행동방법, 생각의 속도를 바꿔라.
- 경쟁 경제력을 빠르게, 졸속은 느리게
- 싹이 트는 작업을 선택하라.
- 미래의 직업을 도전하라.
- 윤리의식을 높여라. —MQ 지수

☐ 이내희 성공학 칼럼리스트 — 미래를 예측하게 하는 일

- 요즘 어떠십니까?
  ① 부정형 — 입버릇처럼 별로예요, 피곤해요, 묻지 마세요, 죽겠습니다, 죽을 지경입니다.
  ② 평범형 — 그저 그렇지요, 대충 돌아갑니다, 먹고는 살지요, 늘 똑 같지요, 거기서 거깁니다.
  ③ 긍정형 — 열정과 힘이 있다, 좋습니다, 대단합니다, 환상적입

니다, 아주 잘 돌아갑니다.
· 성공한 그룹과 실패한 그룹은 말하는 습관부터 다르다. 명심하
라 우리가 어떤 말을 하느냐에 따라 우리의 사고가 바뀌고 행동
이 바뀌어 나중에는 그 말이 결과로 나타난다.

□ **김병두** 서울대 교수 — KBS 토, 라디오

＊ **혁신으로 대한민국을**
· 10%의 양반국가 90%의 노예국가—침략 인류역사 경제성장 할
수 있다.
· 성장을 통해서만 잘 살 수 있다.—목표는 산업화, 지속적 혁신,
꿈, 제도
· 한 사람이 계속 혁신할 수 없다.—기업 통해 혁신해야 한다.
· 희망을 찾아준 나라가 네덜란드—한국 40년 간 6~7% 성장, 인류
역사에 없고 앞으로도 못 나올 거다.

＊ **경제학자의 꿈**
· 인류를 어떻게 하면 잘살게 할 수 있을까?
· 분위기를 만들어주는 것이 리더의 역할
· 어떤 제도를 택하느냐에 따라 나라 성공 달려 있다.—가난으로
부터 해방
· 국민 모두가 도전해야 한다. 단계적—자식교육 유일 잔존, 죽기
살기
· 우리나라는 모범국가였다.—헝그리 정신

＊ 투철한 국가관으로 지도자가 동기부여─국민 모두가 혁신의지

- 잘잘못 구분─보상해 주어야, 능력 있는 사람에게 자율 주어야
  N분의 일 문화
- 규제를 만든 사람이 능력을 하향평준화 시킨다.─퍼포먼스
  기업규제 풀어라, 정부도 규제 풀어야─ONLY BEST FIRST로!
- 보상 규제개혁─능력 있는 자, 부자들 존중해 주어야 파급효과,
  낙수현상으로 먹고 산다.
- 자유 성장 규제 풀어야─햇살규제, 양초업자─어둡게 해야
- 민주주의와 자유주의는 같이 간다.

□ **전미옥** CMI 연구소 대표 ─ 존재가치

- 평범한 일상을 떠나 자기 자신의 존재가치를 높여야 한다.
- 자기가 잘 하는 것 즐기고 공유할 자기브랜드를 만들어라. 공유
  가 안 되면 효과가 없다.
- 10년 프로젝트를 만들어라. 5년은 전문가로 준비하고 5년은 최
  고가 되는 것을 만들어라.
- 인생을 2막, 3막, 4막, 5막으로 만들어 자기브랜드를 만들어라.
- 매년 프로젝트가 필요하다. 나를 알리고 개발하는데 노력하라.
  남이 내 이름을 기억할 수 있도록 희망, 긍정, 메시지를 알려라.
- 말과 행동이 같고 일관성이 있어야 신뢰가 쌓이고 브랜드 가치
  가 높아간다.
- 나의 약점을 보완하는 것이 인간관계에 중요하고 경제수명 길어
  진다.

· 도의적인 책임을 지는 사회가 이루어져야 한다.

☐ 스티브 잡스 — 감성의 끝에 서라!

· 자세히 보아야 이쁘다. 자세히 들어야 사랑스럽다. 시인이 되어
다른 사람이 되어 보라.
· 사물의 마음을 보기 위해 감정의 문을 열어라.
· 감성을 갖고 살면 새로운 것이 보인다.
5관법 : 보는 법, 5연법, 연결법, 5역법, 역발상법

☐ 아루터 마유미 일본 작가

· 삶을 체험—직업 50개 이상 체험
학교에서 배울 수 없는 것을 경험을 통해, 살기 위해서
· 나이 들어 진가를 알 수 있었다.—미래 예측 가능
· 10년을 산 사람, 10년을 살 사람
과거 회귀—나 옛날에는 이러이러 했는데
미래 예측—나 어떻게 살 것인가?
· 보다 멀리 보는 연습을 해라.
과거 — 안전한이 아닌 단어
현재 — 안전하게 살 수 없다.
미래 — 진검 승부하는
· 여성은 과거 지양적 삶을 살고 있다.—대부분
10년 뒤 두각, 진가를 나타내는데 미래를 상상하는 힘이 탁월

- 운이란? 작은 기회를 포착하는 것이다. ─ 멋진 미래를 상상하고 있어야!
- 공감은 탁월한 능력이 있으나 주위 사람에 한정해 민감하다.
- 상대적 확인 ─ 불안해짐
- 어제보다 오늘이 얼마나 더? 질문
- 목표의 중요성
- 바닥만 보고 걸으면 삐틀삐틀 걷고 멀리 보고 걸으면 반드시 걷는다.
- 목표를 쪼개서 생활하라. 1, 2, 5, 10년 후 ─ 단기적 목표
- 미래를 위해서 오늘 하루를 잊지 말라.
- 인생이란? 의자주위 삶이다. 의자 뺏기다. 자전거를 타는 것과 같다.

□ 담양 애일당 김진미, 강기욱 부부 ─ KBS 공감에서

- 애일당 당호 : 매일 매일 아끼고 사랑하라.
- 사람이 죽으면 썩기 바쁘지만 나무는 천년이 간다.
  나무를 갈고 닦으면 내면이 보인다.
  나무도 생명이 있어 솔잎 딸 땐 "미안하다"라고 한다.
- 비와 땅이 만나듯 인간도 자연과 만나는 것이 순리이다.
- 공부는 하고 싶을 때 즐기면서 해야 한다.
- 돈을 적게 벌면 귀족같이 살 수 있고 돈을 많이 벌면 거지같이 산다.
- 경쟁과 욕심으로 닫혀있는 사람들은 마음의 빗장을 풀지 못한다.

- 사회적 DNA 즐거움의 DNA로 전이된다.
- 필요한 물건은 100만원주고도 사지만 필요 없는 것은 100원 짜리도 안 산다.
- 오늘의 행복이 내일, 모레, 일 년, 십 년, 백 년으로 이어져야 행복한 것이다.

□ 강우현 남이섬 대표이사

- 최초 취임 시 급료 월 100원 계약
- 상상하라. 가치를 만들어라.
- 유원지를 관광지로 만들었다. 쓰레기를 재활용하고
- 송파구 가로수 은행잎을 가져가 낙엽으로 사용 후 퇴비로 이용―내 버린 것 이용 상품
- 꼬리에 꼬리를 이은 상상력 활용, 끝말잇기를 중간말 잇기로 활용―창작자유, 상상경영, 창조경영, 디자인 경영
- 평범한 사물을 상상력 발휘하여 작품, 상품으로―낡은 것을 이용 새로움으로
- 내가 옳다고 생각하면 마음먹은 대로 산다.
- 육상선수 부러워 유니폼 입고 다녔다.―초등학교 시
- 자기 주도적 삶을 살아라. 마음먹은 대로 원하는 대로 된다.
- 네 마음속에 '부' 자를 없애라.
- 집무실 천장에 도깨비 방망이―안 되는 것은 뚝딱으로 해결
- IMPOSSIBLE을 I M POSSIBLE로, 즉 불가능을 가능으로!

□ 마더 테레사수녀 — 본명 아네스 고니아(거룩한 꽃 의미)

- 나는 하나님 손에 쥐어진 몽당연필이다.
- 용기가 있어야—사랑하고 실천하기 위해 용기가 필요

  전염병 환자에 손 내미는 용기

  하위층 계급에 어울리는 용기

  빈민을 구하기 위해 봉사하는 용기
- 오늘날 심각한 질병은 모든 사람들의 무관심이다.
- 모든 것은 사랑으로 고쳐지고 사랑은 작은 행동으로 실천된다.—정신적 도움을 주는 사랑
- 믿음의 열매는 사랑이고 사랑의 열매는 봉사이고 봉사의 열매는 평화이다.—종교, 국적, 인종 아랑곳 않고 봉사
- 가장 위대한 행동은 없다. 위대한 행동은 사랑으로 만들어진다.

  − 긍정적 마음 − 힘든 자 환경 보면서 유쾌하게 유도

  − 사랑받을 때, 칭찬받을 때, 인정받을 때, 인기 있을 때—두려움 가지길

  − 멸시받을 때, 잊혀질 때, 조롱받을 때, 배신당할 때—도와주길

  − 당신이 오늘 베푼 선행은 내일이면 사람들에게 잊혀질 것이다. 그래도 선행을 베풀어라. − KBS 라디오 12. 23

* 질문의 위대한 힘

□ 윌슨

- 뇌는 50%만 사용한다. 뇌는 본능이 지배한다.—5%만 질문하고

그 중 10% 답을 찾는다. 동물은 질문을 못한다.

□ 폴리

- 사람의 지능은 시간이 지날수록 올라간다. 질문을 않기 때문이다.
- 무엇이 지금 나를 화나게 만들었나?—자신은 모르나 참석한 자들은 안다. 자신에게 리더는 솔직해야 한다.
- 어떻게 회사를 살릴 것인가?—나도 모르겠다. 리더는 답 모르는데 대답 말고 솔직한 의견을 들어야 한다.
- 화내지 못할 것인가?—화내는 분, 화낼 때 웃는 분 두 부류
- 얼굴에 800개의 근육이 있다. 화낼 때 10개, 웃을 때 46개 근육 영향 준다. 웃어라!
- 구성원에게 화내지 말고 웃어 보여라.

□ 네로이 하이 — 우주인

- 우주에서 나 지금 무엇하고 있는 거야?
- 지금 하고 있는 일의 의미 즐거운가? 왜하고 있는가?
- 너는 잘하는 일, 좋아하는 일 고르라면 취미가 특기라고, 취미가 직업이 된다.
- 인생 누굴 위해 살고 있는가? 나를 위함인가?
  창의적 질문—언제, 왜하지, 왜 안하는 것이지, 어떻게 하지?
- 상상이론—침상, 차 속 등에서 벗어나야 창의성이 생긴다.

· 직원에게 수다 떠는 시간을 주어라.

* 크게 후회하는 일 질문
· 왜 그랬을까? 왜 했을까? 왜 내가 하지 않았을까?(시간 지난 후)
· 두려움 던져라―나는 연주할 악기가 없을까? 후회 때 새로움이
  나온다. (취미로)

☐ 이병철 회장

· 왜 그런가? 어떻게 할 건가? 문고리 잡고 질문
  WHAT, WHY, HOW, IF THEM ― 실행
· 마음이 내키지 않으면 결단내릴 수 있는 결단을 해주어야 한다.

☐ 닉슨

① 어디쯤 와있지 사실 확인 질문
② 교감성 확인 질문 ③ 미래예측 질문
· 네 살 아이 하루 300번 질문 ― 왜, 어떻게
· 대학생 하루 20번 질문한다.
· 구성원에게 어떻게, 왜, 함부로 질문하지 마라.
· 사고방식, 긍정적인 사람을 선택
① 하고 싶었던 일이냐? 하고 싶은 일 할 수 있게 남에게 도움 줘라.
② 잘 할 수 있을까?
③ 나만을 아니면 남에게 도움 줘라. 함께 일해 보겠나, 공부해 보

겠나?
- 진심으로 원하는 것 알고 있느냐? 의문을 던져라.

□ 미 해군사령관 — 예산 75% 사용

- 당신에게 권한 주어진다면 : ① 내가 목표 전달했다 ② 내가 지원 시간 주었다 ③ 내가 훈련시켰다 — 나 자신을 물어보아라.
- 좋은 질문이 지시보다 100배 낫다. 리더는 돌아다니며 끊임없이 질문해라.
- 지식문화에서 질문문화로 바꿔라. 마침표를 '?'로 바꿔라. 리더의 권위는 지시에서 나온다는 개념 때문에 버렸다.
- 질문문화에서 우리는 해답을 찾는다. 여기 동의하는가? 성과에 만족하는가?
- 리더 스스로 지시보다 질문 많이 해라. 용기 내어 상대방에게 질문 많이 해라. 답보다 질문을 간간히 던져라.
- 질문하는 의도를 밝혀라. 난 또 뭐라고!

* CEO
- 이익이 있다. 그래서 살아남는다. —목표달성, 생산성 향상, 이익 발생, 이래서 살아남았다.
- 윗분 — 자기직분, 담당 — 시간절감, 비용절감

* 묘비명 정하라
- '나는 10번 도전하여 9번 실패했다'고.

· 리더는 질문 가끔 던지고 매니저는 질문에 대답하라.
· 훌륭한 리더는 질문을 하고 질문에 답할 수 있게 지원해 주어라.

꿈꾸라, 도전하라 / KBS 백도씨 외

이승표, 전영근, 김재만, 황병만, 황규철, 신상옥, 에이미 멀린스,
송언주, 전자기술자, 이지영, 하태구, 최윤호, 고도원, 강진석,
정서호, 최준석, 최정봉, 홍순재, 하춘화, 김희선, 김태원, 가애란,
고 임은택, 정동극, 김보라, 탁현진, 전상진, 김민영, 송종빈,
송기환, 이경수, 차재원, MC / 김재원 아나운서 외

🗌 이승표 어린이 동화 할머니

· 블록 제작공장 취업
· 동화 구연 강습 후 어린이집 취직, 동화 70편 제작
· 삶의 무게에 굴하지 않던 나, 동화 구연 후 누구보다 행복한 나, 어렵던 막노동판 정리 후 교사인 나, "나 감사합니다" 하고 생활에 만족하고 있다.
· 건강이 다할 때까지 어린애들이 부를 때까지 어린이동화 교사할 것이다. 어린이 동화의 삶은 계속된다.

🗌 전영근 노점상

전직 우물개발 대표 — 과거를 버려라!

· 조선대 후문에서 닭꼬치 장사
· 포장마차로 시작 작은 식당 운영 또 실패, 소스 개발 7년여
· 과거에 연연 말고 나를 버리는 용기, 자기개발에 노력하라.

🗌 김재만 전 지점장 — 충주에서 닭꼬치 장사 서웅

· 어려운 일은 피하지 말고 즐겨라.
· 나이, 성별 상관 말고 사람 지위, 과거 생각 말고 포기하지마라.
· 축구연장전 생각하고 극복하라.
· 늘 행복하고 늘 건강하라. 그리고 늘 이야기하라.

☐ 황병만 1% 삶

· 1% 생존자—네 개의 장기가 없는 암 치료자, 6번의 항암치료자, 6개의 장기에 전의, 포기하지 않고 1%에 희망을 걸다.
· 가장 나쁜 암은 포기하는 암이다. 절대 포기하지마라.

☐ 황규철 파이 전문점 운영

· 인생에 조감도를 그려라.
· 인생에 대한 그라프를 그려 의지대로 밀고 나가라.
· 인터넷 생산판매
· 한걸음 떨어져 나를 보면 나의 인생이 보인다. 인생의 조감도를 그려라.

☐ 신상옥 외교관 출신 우동집 운영

· 사랑은 행복을 파는 곳이다.
· 음식점은 찡그린 얼굴로 들어와 웃으며 나가기 때문이다.
· 용기와 도전 행복의 우동 한 그릇
· 정성들인 우동 한 그릇, 만족하는 모습을 보는 것이 나의 행복이다.

□ 에이미 멀린스

'미(美)' 세상에서 가장 아름다운 여자 ― '사랑밭새벽편지' (2014. 10. 28)

- 태어나면서 두 다리 없어, 두 의족으로 생활
- 육상선수, 모델, 영화배우까지 활동, 비장애인 육상경기 애틀란타패럴 육상부문 세계신기록 수립.
- 에이미 멀린스는 역경이나 장애를 극복한다는 것은 저와는 맞지 않는 말입니다.

  역경은 삶을 유지하기 위해 피하거나 부정하거나 넘어서야 하는 장애물이 아닙니다.

  역경이야말로 우리의 자아와 능력을 일깨우고 우리 자신에게 선물을 가져다주기 때문이다.

  제 생각에 진짜 장애는 억눌린 마음입니다. 억눌려서 아무런 희망도 없는 마음입니다.

  사람들이 장애를 극복했다고 말할 때 에이미 멀린스는 잠재력을 끌어냈다라고 말합니다.

  ―연정의 기름 붓기 중에서
- 역경은 기회와 동반된다고 하지만 자신감과 신념이 없다면 그 기회를 잡을 수 없다.
- 마음가짐에 따라서 모든 것은 달라진다.

□ 송언주 세탁숍 ― 얼룩세탁방법(SBS에서)

- 커피 얼룩―소화제를 갈아서 문지른다.

- 순백와이셔츠―설탕 뿌려 감자로 문지른다. 김칫국 지울 때도
- 립스틱―린스 이용, 파운데이션도 가능
- 사인펜 자국―쌀뜨물 이용
- 천연소재―레몬껍질 이용 문질러
- 니트 물세탁―자른 스타킹에 넣어 세탁기 세탁하면

□ 어느 전자 기술자 ― KBS 공감에서

전자 공부 하다 보니 청계천 알게 되고 청계천 알다보니 수리를 하게 되고 수리를 하다 보니 장사를 알게 되었다.

□ 이지영 신장 110센티미터

- 스스로 만든 편견이 나를 방해했다.
- 남들은 평범한 일상인데 본인에겐 고통인 인생이다.
- 이력서 60개, 면접 7번하여 취업
- 장애는 불편할 뿐이다. 생활에 불편은 없다.
- 자기 자신을 인정하면 모든 게 해결된다.
- 불편은 불편할 뿐이지 생활에는 불편을 주지 않는다.

＊ … 없다(블로그에서)
- 거지에겐 생일이 없고 도둑에겐 양심이 없다.
- 열심히 일하는 사람에겐 밤낮이 없다.
- 참되게 사는 사람은 두려움이 없고 실직자에겐 봉급날이 없다.

- 게으른 사람에겐 돌아오는 것이 없다.

☐ 기관사 하태구 — 전라선, 곡성 사는 61세

- 중기기관 관광열차 — 퇴직 후 봉사
- 기관차를 운전하다보면 세월이 거꾸로 가는 것 같으며 느림의 아름다움을 느낀다.

☐ 최윤호 생명의 산, 산과 친구가 되다

- 암과 친해지다 — 대장암, 간암, 골수암
- 살기 위해 산을 선택—몸에 생기가 남. 산에서 삶의 소중함 깨달음, 3개월 후 용기와 희망이 생김.

☐ 고도원 — 아침편지

- 꿈꾸는 자는 늙지 않는다. 꿈을 갖게 되면 젊어지고 강해진다.
- 회초리 맞아가며 책을 읽다.—고통의 경험이 글의 소재가 됨.
- 이력서를 내지 않는 포장마차 시작—하루 만에 접어
- 뿌리 깊은 나무에 연재—폐간,
  신문사 기자—책은 나의 동반자
- 김대중 대통령 시절 청와대 연설문 작성—5년간 3일 쉬다.
- 고도원의 아침편지 320만 명 매일 전달
- 꿈은 유산이 되고 절망을 잊는다.

* 좋은 만남 — 고도원의 잠깐 멈춤 중에서

어쩌다 불쑥 만난 사람인데 특별한 인연으로 이어지는 사람이 있습니다.

마치 어제까지 꿈에 그리던 사람을 만난 것처럼 마음이 요동치고 엔돌핀이 솟고 두고두고 행복감에 젖게 하는 그런 사람 말입니다.

좋은 만남은 필연이며 새로운 역사가 창조되는 순간입니다.

☐ 강진석 회장 빠빠라기 열정 정열 프로정신

· 나이불문 재미있게 친절하게 이야기하라.

· 깊은 감수성을 가져라. 자연이 나를 부른다.

· 불후의 명작을 남기려면 장수하라.

· 다른 것과 다르다는 것은 이상하다. 다르다는 것을 인정해야 상호 보완된다.

☐ 정서호 – 만 번의 법칙

· 배우지 않으면 채워지지 않는다.

☐ 최준석 — 무인도 섬지기(65세. 전 건설사 임원)

· 행복은 내가 만들어가는 거지 남이 만들어주지 않는다.

· 자연은 우리에게 필요한 만큼 준다.

· 내가 하고 싶은 일을 하는 것이 최고의 행복이다.

- 바다처럼 넓은 마음으로 살아야 하는데 밴댕이 속처럼 좁게 살아온 게 부끄럽다.

☐ 최정봉 성악가(껌팔이 출신, 오디션에서 준우승)

- 10세까지 이름도 없이 노숙하며 껌팔이, 포장마차 아줌마가 지성으로 이름 지어줌.
- 나이트클럽에서 껌, 심부름하며 고교 졸, 대입 합격했으나 포기
- 깊은 사랑 못 받고 커 정신적 고통, 죽고 싶은 마음
- 방송출연 후 주위사람이 고마워 살아야 할 이유가 생겼다. 행복이 축복이 되었다.―마음치유
- 힘든 자에게 "감히 사십시오" 하고 말할 수 있어
- 심장을 다시 뛰게해 준 사람께 감사―살아주어서 고맙다고.
- 힘든 자에게 힘이 되어 준 노래, 삶의 희망이라고―애청자 팬
- 음반발행 예정, 세계 각국 초청공연 중

☐ 홍순재

- 사람에게 은인이 되어 주어라.
- 어려웠을 때 주위 도움으로 재기의 기회를 얻었다.
- 나의 어려웠던 시절, 이야기 강연으로 바쁘게 생활한다.

☐ 하춘화 가수 — 참을 인을 안고 산다

· 변함이 없다는 말을 듣는 게 격려의 말이다.
· 본인과 대화한다. "나는 하춘화다"라고. 그만해라 할 때까지 한다.

☐ 김희선 이씨터즈 멤버

· 딸—뇌성마비, 언어장애
· 엄마, 아빠 왜 나를 이 세상에 태어나게 했을까?—일기장에
· 40년 전 가수 노래는 끝났지만 엄마의 노래는 40년간 했다.
· 내가 나에게 주는 표창장을 만들어 마음의 위안을 받았다.

☐ 김태원 가수

· 자기가 하고 싶은 일에 미쳐라. 그래야 우연에서 기적을 일으킨다.
· 순수가 우연을 만나면 기회를 얻어 성공한다.
· 리더가 둘을 가지면 하나를, 셋을 가지면 둘을 주는 희생 있어야한다.
· 부부는 동등하게 생활해야 한다.

□ **가애란** 가수

· 남의 소리를 듣는 것은 한 발자국 물러서 있다는 것이다.

□ 고 **임은택** 가수(방송에서)

· 안된다고 이야기 하지 말고 아니라고도 이야기 하지 마라.

□ **정동극**

세상에서 가장 쉬운 절 ― 청전 스님 면담

· 행복한 절―목디스크 수술, 골반이식수술, 알레르기, 불면을 이겨 일의 보람을 느끼며 재미있게 직장생활.
· 6개월 보호대 풀고 30, 50, 100, 200배 올리며 3,000배 소통이 되고 자식과 대화―1개월에 3,000배 한 번씩 실행.
· 건강해지니 남을 배려, 능률 상승, 비용대비 효과 만점.
· 딸 남자친구에게 3,000배하면 혼인 승인
· 건강 잃으면 모두 잃고 건강 가지면 모든 게 잘 풀린다.

□ **김보라** 휠체어생활 ― 서울대 로스쿨 입학, 기죽지마라!

· 사춘기 때 휠체어생활로 방황
· 욕창으로 병원 입원―공부만이 살길, 서울대 법대 입학
· 학원입학―장애인으로 환불받고 상처받음

- 사법시험 1차 합격―장애라는 시련, 포기하지 마라.
- 가족이나 주위사람한테 너무 많은 사랑받아 법조인이 되면 남을 돕는데 마음과 힘을 보태겠다.

□ 탁현진 베트남 출신, 남원 거주, 간호사 꿈

- 남편―남원시 환경미화원
- 남원에서 고교진학, 전주간호대학 입학―등하교 4시간
- 아이들이 잠들 때 엄마 옷을 품고 잠든다. 엄마냄새 맡으려고.
- 좋은 것―칭찬받는 일, 격려 받는 일
- 나를 자랑스러워하는 남편 덕에 더 힘이 난다.
- 남편이 애썼다, 잘했다, 할 거라 스스로에게 이야기해 보라. 힘이 날 것이다. 칭찬은 외계인도 춤추게 한다.

□ 전상진 75세, 만두가게 운영

- 의류사업 25년 했으나 IMF 때 도산, 중국 진출 실패―담낭수술
- 친척집 생활하며 반찬가게 시작, 만두 맛 열정으로 연구
- 지하에서 1층 가게 6평, 감격―변화가 생겨 대화 시작
- 창업에 대한 조언자 모임―포기하지 않는 열정으로 성공. 사람은 일하니까 건강하다.
- 밝은 불빛, 거울에 내 모양 초라하여 거울 보지 않음―마음에 거울 가지고 다녀라. 실버 여러분 힘내시오!

□ 김민영

· 호떡 ― 꿈으로 반죽하여 희망으로 만든다.

□ 송종빈 ― 딸을 먼저 보내고

· 딸의 유품이나 기억 추억 잘 간직하라고 말하는 사람을 보고 싶다.―미안하다. 고맙다.

□ 송기환 ― 10초 생각

· 10초 생각하여 얻은 영감으로 행동에 옮기면 이루어진다.

□ 이경수 ― 떡볶이 운영

· 초심을 유지하라. 규모를 지켜라.―8평 가게로 성공하여 120평 확장하여 실패

□ 차재원

· 봉사라는 단어는 거창하여 공존이라 표현하고 생활한다.

ME & ETC
(세월호 관련, 시 외)

인산, 세월호(천개의 바람이 되어)
KBS R, 최희원, 오미연, 박경은,
함민복

□ 주말의 계양천에서 — 인산

홀로인 그 녀석

오늘은 반갑다는 듯 다리 밑 날며 인사를 한다.
짝 잃은 이 녀석
반갑다 하는 순간 시야에서 멀어진다.
날 반겨 폼 잡아주면 멋진 사진 찍으련만…

오늘은 웬일일까
짝 잃은 그 녀석 외로이 먹이 찾는다.
그 모습 그대로 오래 오래 이어가길…
나의 맘 알까말까
그래도 빌어줄게, 함께 영원하길…

＊ 그 녀석 : 왜가리

검푸른 농약병

제 할일 다하고 주인에게 버림받고 이곳에 버려져
이곳저곳 부딪치며 물길 따라 내려간다.

· 백당화의 열매는 영글어 있고
  잎새는 하나둘 이별을 한다.
  차디찬 바람은 계절을 마중하고
  천변에 앉아계신 할머니 두 분

고향에 잠든 어머님 생각이 난다.
무르익은 낙상홍 자태를 뽐내고
붉고 노란 잎새들
제 할일 다했다는 듯 바람에 날리며 땅에 뒹군다.

가로수 — 인산

푸르름 내려놓은 발가벗은 가로수
낮엔 햇볕을 이불삼고
밤엔 가로등을 이불 삼는다.
낮도 밤도 겨울도 가로등 벗을 삼는다.

새잎 열릴 그날 맞이하기 위해
발가벗고 오늘도 오가는 이 벗 삼는다.
열릴 듯 머리 내민 가로등 머리
떨어질듯 말 듯한 마지막 잎새와 벗을 삼는다.

푸르름 한창인 가로수 잎새들
가로등 머리도 감춰 버리고
오고 가는 이들께 그늘을 제공하며
시원함 안겨주는 바람과 벗을 삼는다.

한더위 이겨낸 푸르고 푸르렀던 잎새들도
계절의 변화에 순응이라도 하듯
한잎 두잎 갈색으로 변하여 가더니만
차가운 바람에 휘날리며 가로수와 벗을 삼는다.

· 꽃은 자세히 오래도록 들여다보는 것이다.
그래야 사람도 꽃도 예뻐 보인다.
자세히 오래 들여다본다.
화려한 여름옷, 화사한 여름 꽃을!

□ **세월호⋯⋯〈침몰〉** (2014. 4. 16. 08시 56분 — 476명)

천개의 바람이 되어

나의 사진 앞에서 울지마오 나는 그곳에 없어요.
나는 잠들어 있지 않아요. 제발 날 위해 울지 말아요.

나는 천개의 바람, 천개의 바람이 되었죠.
저 넓은 하늘 위를 자유롭게 날고 있죠.

가을엔 곡식들을 비추는 따사로운 빛이 될게요.
겨울엔 다이아몬드처럼 반짝이는 눈이 될게요.

아침엔 종달새 되어 잠든 당신을 깨워 줄게요.
밤에는 어둠속에 별 되어 당신을 지켜줄게요.

나의 사진 앞에 서있는 그대 제발 눈물을 멈춰요.
나는 그곳에 있지 않아요. 죽었다고 생각 말아요.

난 천개의 바람, 천개의 바람이 되었죠.
저 넓은 하늘 위를 자유롭게 날고 있죠.

- 법과 원칙—안 되는 것은 안 되는 사회, 안 되는 국가가 되어야 한다. (4. 27 KBS 진행자)

□ 세월호 침몰 그 후

* 세월호 침몰 100일 — 7. 24일(KBS 라디오 다큐)

- 오늘은 안녕하냐고 인사할 수 없는 날,
  어느 사이, 벌써,
  시간은 갔는데 모두가 무디어 있다.

- 너무나 많은 아이들을 잃었다.
  살릴 수 있었는데.
  무기력했고 당황했고 헛되이 보내 버렸다.
  "미안하다, 미안해했어!"
  하는 말도 마음대로 못했으니…
  이제는 미안하다, 용서해다오.
  다시는 이 땅에 이런 일이 없게 헛되지 않게.
  약속의 말을 해야겠어.
  다시는 듣기 싫은 뉴스로 멈추게 될 테니까!

- 잔인한 4월 찬란한 청춘을 꽃 피기도 전에 생을 마감한 학생들의 명복을 빈다. – 최희원 작가
- 우리가 원하는 것은 돈이 아니라 왜 우리 아이들이 죽어야 했는지를 알고 싶어 하는 것이다. – 대책 위원회
- 분노를 의분으로 승화시켜야 한다.

- 국민의 우울, 슬픔, 애도 공감하는 것을 대화로 풀어야 한다.
- 재난과 고난의 시대에 한 단계 성숙되어 가야 한다.
- 세상에 남의 일은 없다.
- **아…, 또… 이런 사회가 아니길! 잊지 않고 반복되지 않았으면… 당신 곁에 우리가 있다.** — 오미연 배우
- 바람 — 제발 돌아와 줘, 얼마나 추울까?
- 4. 29 박 대통령 안산 분향소 조위
- 적폐 도려내고 안전한 나라 만들겠다.
- 저의 자식이기도 하지만 대통령 자식이기도 합니다.
- **누구나 약자가 될 수 있다.** — 박경은 대중문화부 차장
- 몸 밖에 가진 게 없는 약자의 목소리가 받아들이지 못하는 기득권층은 무엇인가?
  밝혀지는 것이 정말로 두려운 것인가?
  세상 이치를 모르는 것일까?
  다정한 아버지였던 증거를 내 놓으라는 세상,
  과연 당신은 어떻게 할 것인가?
- 우리는 왜 기억해야 하는가?
  '우리는 인간이 되어야 하기 때문이다.' 라는 이유 이외 또 어떤 이유가 필요하겠는가?

숨 쉬기도 미안한 사월 — 함민복 시인

배가 더 기울까봐
끝까지 솟아오르는 쪽을 누르고 있으려
옷장에 매달려서도
움직이지 말라는 방송을 믿으며 나 혼자를 버리고

다 같이 살아야 한다는 마음으로
갈등을 물리쳤을, 공포를 견디었을
바보같이 착한 생명들아, 이학년들아
그대들 앞에 이런 어처구니없음을 가능케 한
우리 모두는 우리들의 시간은 우리들의 세월은
침묵도 반성도 부끄러움도 죄다.
쏟아져 들어오는 깜깜한 물을
밀어냈을 가녀린 손가락들
나는 괜찮다고 바깥세상을 안심시켜 주던
가족들은 목소리가 여운으로 남은
핸드폰을 다급히 품고
물속에서 마지막으로 불러 보았을
공기방울 글씨
"엄마, 아빠, 사랑해!"

부 록

귀한 분들 발췌록

〈무순, 존칭 생략〉

존경하는 귀한님(2018인) 전前에 !

먼저 죄송하고 결례 하였음을 사죄드립니다.

귀한님들께 사전 알리고 양해 받았어야 함에도 저의 능력 부족으로 염치불구하고 편집하였습니다.

이에 부족함을 깨닫고 두 손 모아 비오니 용서하여 주시고 양해하여 주시길 바랍니다.

귀한님들의 글, 어록, 강연, 토크는 세대를 초월하여 소통할 수 있는 좋은 이미지 모음으로, 현재를 돌아보고 미래로 향할 수 있는 내용이라고 확신하여 이에 알려드립니다.

그러나 라디오 들으며, TV 시청하며 기록한 글은 귀한님들의 의도와 다르게 표현된 내용도 많으리라 생각되어 마음 깊게 양해 바랍니다.

COLLECTOR 나는 건축공학을 전공하고 해당 분야에서 35년여 종사하고 보니 남은 게 허무함, 스트레스, 힘듦뿐이었습니다.

사회단체 활동하며 기대엔 못 미쳤으나 오늘에 이르러 고맙고 여생을 조그만 노력으로 조그만 느낌이라도 후대에 남기고 싶고, 반성하는 자세로 살고자 귀한 분들의 글, 어록, 강연, 토크 모음집을 내 보이니 채찍질하여 주시고 성원하여 주시면 감사하겠습니다.

일명 독수리 타법으로 정리하고 모르면 묻고 하여 4년 반여 동안 2300여 쪽에 2018인의 글이 모아졌을 때 나의길 찾은 듯했습니다.

그래서 나 혼자 간직하기보다는 세상에 선보이고픈 생각에 주위 권유로 용기를 내서 편집에 들어갔습니다.

저는 부족함으로 살아온 삶이라 다시 한 번 귀한님(2018인)께서 큰마음으로 이해하시고 양해하시어 접어주시기 바라오며 모든 귀한님들의 건승과 행운을 기원 드립니다.

감사합니다.

2018 년 4 월
隣山 글방에서 박병창

〈경영 어록〉

이병철 · 정주영 · 이건희 · 황금찬 · 박정용 · 나경렬 · 김석원 · 이준희 · 김병두 ·
이인호 · 김방의 · 벤자민 프랭클린 · 엄길청 · 박규재 · 피게티 · 유일한 · 힐튼 ·
진 프린스 · 김태영 · 서진영 · 남성우 · 코 비 · 이용태 · 변창립 · 최창환 · 성 문 ·
조시영 · 아니미오 · A. 멜레 · 김원길 · 김성근 · 어윤배 · 류동길 · 잭 월치 · 조우현 ·
지용희 · 고시천 · 차동세 · 이재길 · 유기정 · 김경호 · 서상록 · 유장희 · 이길영 ·
이한구 · 김주현 · 정해주 · 장범식 · 곽수일 · 김일섭 · 남대우 · 박창규 · 최효진 ·
박상규 · 박창희 · 김상경 · 이상호 · 한영환 · 이윤호 · 서봉철 · 박윤재 · 사공일 ·
박명선 · 고영재 · 윤현덕 · 박종삼 · 이부영 · 김정태 · 배종렬 · 송희연 · 최동규 ·
김은상 · 정홍렬 · 강영훈 · 한경석 · 홍성원 · 윤석철 · 홍문화 · 황철주 · 신광식 ·
정동일 · 손경락 · 모스켄더 · 마르케스 · 찰리 김 · 김순권 · 서경배 · 김문성 · 우경선 ·
채희문 · 제정임 · 박재완 · 진 넘 · 이정우 · 이용만 · 문국현 · 피터 드러커 ·
워렌 버핏

〈교수, 정치인〉

김정렬 · 조창연 · 신봉승 · 윤평웅 · 최창렬 · 김태희 · 이진곤 · 이준한 · 홍준표 ·
이명수 · 송 자 · 박찬식 · 손풍삼 · 이영작 · 성낙인 · 진중권 · 손호철 · 강지은 ·
신 률 · 최장집 · 조 국 · 김호기 · 한화갑 · 조상식 · 카네기 · 이상돈 · 우원식 ·
금태섭 · 표창원 · 복거일 · 인재근 · 조희연 · 류근일 · 이민규 · 니이체 · S. 잡스 ·
송호근 · 이진석 · 정근식 · 양무진 · 손석희 · 최재천 · 조 정 · 이만섭 · 이명수 ·
안철수 · 김두관 · 김부겸 · 이광재 · 홍창의 · 정세균 · 강용석 · 김 진 · 장성민 ·
손학규 · 이재오 · 문창극 · 한완상 · 이상백 · 이종찬 · 이회창 · 권성철 · 김무성 ·
김태호 · 김영우 · 김상민 · 유승민 · 정운찬 · 정대철 · 김 황 · 윤여준 · 전재희 ·
김종필 · 문희상 · 강기정 · 노영민 · 이종찬 · 신계륜 · 김효석 · 설 훈 · 박용진 ·
한정애 · 김영환 · 박주선 · 박찬종 · 이낙연 · 안규백 · 김한길 · 김진표 · 김문수 ·
남경필 · 정몽준 · 정두언 · 박원순 · 이철승 · 이인재 · 박희태 · 이철용 · 이노근 ·
남재희 · 강창희 · 서청원 · 이주영 · 문재인 · 이병완 · 이철희 · 이만섭 · 김형오 ·
김상현 · 이정희 · 차성수 · 금태섭 · 권은희 · 이상민 · 전병헌 · 박지원 · 김종인 ·
신기남 · 인요한 · 주대환 · 박상병 · 박영선 · 메르켈 · 하종강 · 박철웅 · E. 리스 ·
최경환 · 노무현 · 비스마르크 · 페스트라이시 · 신창민 · 전현준 · 이봉수 · 김종래 ·

김민아 · 티 카시 · 김재동 · 김형숙 · 원유철 · 추미애 · 조동원 · 이완구 · 김기춘 ·
이완영 · 김덕룡 · 이준석 · 신영복 · 조웅천 · 이기택 · 전원택 · 윤후덕 · 고승덕 ·
반기문 · 정의화 · 홍영식 · 스테판엘스 · 레이건 · 김동철 · 나 향 · 문창극 · 현오석 ·
윤진숙 · 송영길 · 김영희 · 위 컴 · 드 골 · 민병욱 · 정진석 · 페리클레스 · 이재명 ·
전여옥 · 트럼프(미)대 · 이상준 · 최낙정 · 이진동 · 정호성 · 정병국 · 장재원 ·
윤소하 · 도종환 · 손혜원 · 김경진 · 하태경 · 안민석 · 김성태 · 심상정 · 안재원 ·
키케로 · 헤시오도스 · 유시민 · 박관용 · 김형규 · 덴마크/재무장관

〈그 날, 천상의 COLLECTION 외〉

영친왕 · 이 준 · 산 송 · 홍종우 · 김옥균 · 이기훈 · 안중근 · 세종 · 황 희 · 광해군 ·
문 종 · 공민왕 · 허 균 · 성 종 · 연산군 · 인조 · 정조 · 대원군 · 소현세자 · 경종 ·
우성룡 · 한명회 · 안창호 · 루터 킹 · 간디 · 윤봉길 · 김마리아 · 서해성 · 김홍도 ·
채명신 · 김충립 · 정약용 · 박지원 · 이원복 · 정도전 · 신규식 · 김시습 · 김정희 ·
송시열 · 이 황 · 이지함 · 장영실 · 문 종 · 단 종 · 경혜공주 · 이 익 · 덕혜옹주 ·
이은숙 · 설민석 · 선조 · 이회영 6형제(이건영 · 이석영 · 이철영 · 이시영 · 이호영) ·
신사임당 · 이원수 · 율곡 이이 · 광개토왕 · 김부식 · 서 희 · 소손령 · 강감찬 ·
김은부 · 하공진 · 김 숨 · 이사벨라 · 해린 스님 · 이자경 · 이 석 · 배중손 ·
박창렬 · 유성엽 · 신 돈 · 심용환 · 김수로 · 서경석 · 최여진 · 이현우 · 윤두서 ·
이현이 · 공형진 · 성덕대왕 · 방은진 · 김응수 · 전태제 · 유시민 외 · 이민우 ·
김민서 · 이 정 · 문정왕후 · 서경덕 · 이정진

〈낭만논객〉 토크 : 김동길 교수 MC : 김동건 아나, 가수 : 조영남

프린치스코 · 링 컨 · 네이든 · 칸 트 · 케네디 · 루터 · 소크라테스 · M. 센들 ·
달라이라마 · 간 디 · T. 풀러 · 베이컨 · 박종호 · 장준하 · 정경화 · 차동엽 · 박태환 ·
롱펠로 · 피천득 · 김태길 · 나운규 · T. 칼라일 · 슈바이처 · 이광요 · 이장희 ·
빌게이츠 · 알프레드 · 윤선도 · 톨스토이 · 맥아더 · 힐러리 · 처칠 · 토마스모아 ·
유일한 · 유은수 · 장자 · 키에로키켈 · 세네카 · 와일드 · 에드워드리스 · 강기정 ·
맥아더 · 에즈워드히스 · 윤봉길 · 김도언 · 오스카 와일드 · 마크로스코 · 금보라 ·
경주 최부자 · 아인슈타인 · S. S 렌더 · 루터킹 · 이상재 · p&G 에콜라 · 이에스더 ·
키츠 · 죤 밀턴 · 생떽쥐베리 · 주자 · 더글라스 · 리차드 와이드먼 · 최무선 · 메르디 ·

정범진 · 대처수상 · 제인에어 · 마 원 · 윤복희 · 장기려 · 워즈워드 · 이상화 ·
T. 무어 · 서수남 · 손철 · 오기택

〈명 언(국내)〉

윤봉길 · DJ · 양승남 · 인순이 · 전회식 · 이지함 · 유창수 · 김준형 · 차동엽 ·
함세웅 · 김정희 · 성우스님 · 박연 · 황윤 · 김동국 · 정호승 · 유오성 · 김상민 ·
공자 · 김형경 · 양희은 · 장미란 · 장준하 · 유동근 · 홍준표 · 김성근 · 이만섭 ·
김종대 · 김희수 · 노경조 · 김상국 · 고성국 · 인명진 · 홍창진 · 황수관 · 박병술 ·
안중근 · 임창환 · 김동길 · 김동건 · 윤기 · 신사임당 · 송해원 · 김은영 · 박목월 ·
이해인 · 전영애 · 정대구 · 이설아 · 심영섭 · 김동운 · 최영미 · 김용현 · 김준호 ·
서상목 · 김진태 · 소천 · 이희옥 · 김수미 · 김구 · 유관순 · 손민 · 처칠 · 이순신 ·
안창호 · 하상옥 · 손석희 · 김필례 · 이애란 · 강진6세 어린이(송해) · 송성선 ·
조덕배 · 서진영 · 이외수 · 박노해 · 정민 · 456브로거 · 박희군 · 최원정 · 맹자 ·
유승민 · 김용훈 · 박현화

〈문 학〉

윤동주 · 전윤호 · 이석우 · 김기명 · 이희선 · 하상옥 · 윤석이 · 모윤숙 · 박노해 ·
남정혜 · 정종명 · 진성태 · 이문열 · 권혁웅 · 김형중 · 조길현 · 김진명 · 이철환 ·
용해언 · 임의진 · 이외수 · 공지영 · 이창재 · 이창기 · 백 석 · 박병술 · 조정래 ·
김초혜 · 박철희 · 이오순 · 이해미 · 도종환 · 장석주 · 고두현 · 정호승 · 황순원 ·
김철규 · 양광모 · 장석남 · 이영훈 · 슈발리에 · 천상병 · 오 은 · 김치수 · 김양규 ·
박범신 · 이종천 · 김주영 · 조명인 · 지현경 · 박완서 · 박경리 · 최인호 · 김홍신 ·
소재원 · 박상률 · 한향순 · 장 문 · 장호성 · 윤석중 · 이정식 · 신경희 · 최해순 ·
김 훈 · 주은재 · 김다윗 · 송기원 · 김영란 · 김재순 · 레지나 브렛 · 김기태 ·
루이스케럴 · 정연준 · 김남주 · 김 현 · 박해현 · 강처중 · 정병욱 · 김수경 · 홍준경 ·
황진이 · 정현종 · 송희갑 · 임윤식 · 문효치 · 김인호 · 정군수 · 이원규 · 김중식 ·
루 미 · 허페즈 · 이태백 · 두 보 · 한 강 · 스미스 · 최승자 · 심혜리 · 유점례 ·
설수현 · 이근배 · 밥 딜런 · 손아람 · 노경실 · 이중현 · 소 강 · 임솔아 · 윤후명 ·
시바타 도요 · 백승찬 · 알렉시예비치 · 홍쌍리 · 마광수 · 황석영 · 한송이 · 한수산 ·
김성암 · 봉태규 · 강영덕 · 가즈오 이사구로 · 김민채

〈방송, 연예〉

백남준 · 노무현 · 하재근 · 신기남 · 윤재균 · 진모영 · 이경규 · 법 류 · 이윤석 ·
윤형빈 · 김병만 · 노정렬 · 해민턴 · 최형만 · 최병서 · 김학래 · 송 해 · 구봉서 ·
이상벽 · 김국진 · 김형곤 · 김혜자 · 김수미 · 윤정세 · 하희라 · 최불암 · 강부자 ·
김자옥 · 김영임 · 이상해 · 선& 정혜영 · 윤문식 · 장사익 · 차인표 · 신애라 ·
윤여정 · 최민수 · 황 윤 · 임동창 · 조동창 · 이문세 · 박성진 · 최백호 · 김장훈 ·
이장희 · 싸 이 · 윤형주 · 금잔디 · 나훈아 · 인순이 · 이선희 · 윤원희 · 신승훈 ·
제임스 윌스 외 · 윤종신 · 이은미 · 하춘화 · 황정민 · 고아라 · 정우성 · 이용관 ·
오정철 · 김홍신 · 황석영 · 정재승 · 김용옥 · 시진핑 · 모택동 · 강택민 · 보시라이 ·
시종신 · 장학량 · 오달수 · 정지용 · 율 곡 · 김인호 · 베르나르 베르베르 ·
레지스게젤바시 · 조진웅 · 맷데이먼 · 공 유 · 연상호 · 이순재 · 김진수 · 조 박 ·
조용헌 · 엄홍길 · 김문정 · 윤석화 · 전원택 · 유시민 · 손석희 · 유민영 · 조한규 ·
이수정 · 신동욱 · 김세미 · 조승연 · 김복준 · 장현성 · 진중권 · 박준영 · 김성곤 ·
장도연 · 김지운 · 박철현 · 김종민 · 솔비(권지안) · 송소희 · 산다라 박 · 서장훈 ·
민경선 · 홍석천 · 럭키(인도출신) · 오찬호 · 김영철 · NS 윤지 · 손병호 · 양세형 ·
채사장(채성호) · 육중환 · 용재 오닐 · 허지웅 · 데니스 홍 · 박진주 · 김형철 ·
김제동 · 송강호 · 전상진 · 이나가키 에미코 · 김상기 · 김종원 · 이정훈 · 전병수 ·
87/ 김지영 · 86/ 김지영 · 88/ 김지영 · 85/ 김지영 · 김수영 · 장동선 · 유사랑

〈불 교〉

법정 · 법홍 · 덕조 · 성철 · 불필 · 원탁 · 김여택 · 법륜 · 혜민 · 정목 · 이기동 ·
송담 · 지광 · 법상 · 보현 · 권진원 · 묘정 · 하유 · 원효대사 · 일연 · 원영 · 초연 ·
혜암 · 월호 · 명진 · 원철 · 혜거 · 혜문 · 정련 · 진호 · 총무원장 · 카렌 암스트롱 ·
서영원 · 장은수 · 정림 · 틱낫한 · 달라이 라마 · 청전 · 빅터챈 · 김희연 · 김호석 ·
수불 · 김홍희 · 김영환 · 효당 · 원각 · 무어 · 성파 · 연덕 · 용타 · 정법안 · 안호기 ·
종림 · 성웅 · 지하 · 혜지 · 도법 · 마가 · 등명 · 원순 · 진화 · 원인 · 김주대 ·
원빈 · 광우 · 덕일 · 지광 · 환산 · 정율 · 지운

〈법조인〉

한승헌 · 천정호 · 강일원 · 김병노 · 김용준 · 목용준 · 강민구 · 손빈희 · 김선수 ·

김동진 · 채동욱 · 윤석열 · 김윤상 · 김영란 · 김재광 · 전원책 · 클라크 · 서정화 · 이환우 · 이정미 · 강지원

〈스포츠, 여행〉

김양중 · 김응룡 · 김인식 · 이장석 · 김경문 · 이만수 · 염경엽 · 이광옥 · 조범현 · 이광길 · 박동희 · 민훈기 · 강주리 · 매팅리 · 하 비 · 이종범 · 박찬호 · 양준혁 · 마해영 · 배영수 · 선동렬 · 이병규 · 게티스 · 송지만 · 오승환 · 이대호 · 박병호 · 이승엽 · 안태영 · 서건창 · 홍명보 · 조성환 · 박철순 · 차명석 · 히딩크 · 최동호 · 이문재 · 이창근 · 허정무 · 최용수 · 이동국 · 최강희 · 최순호 · 이영표 · 박지성 · 김남일 · 기성룡 · 슈틸리케 · 인요한 · 김승규 · 손흥민 · 김연아 · 이옥경 · 심석희 · 현정화 · 최분희 · 공원국 · 오소희 · 탁재형 · 신경준 · 김남희 · 김홍빈 · 엄홍길 · 최정원 · 이성재 · 최운경 · 김무성 · 김승영 · 조오련 · 배영호 · 배영민 · 추신수 · 브르통 · 최희섭 · 서재응 · 윤선도 · 윤미인 · 김지하 · 초이선사 · 서산대사 · 법인스님 · 박노해 · 알 리 · 임성택 · 정인수 · 조중길 · 김현수 · 이희솔 · 손영희 · 장미란 · 윤진희 · 남유선 · 박상영 · 박태환 · 진종오 · 안병훈 · 정영식 · 김원진 · 기보배 · 장혜진 · 손연재 · 구본찬 · 박상훈 · 유승민 · 김소희 · 이대훈 · 박인비 · 송 해 · 홍수환 · 최원준 · 정찬성 · 김재진 · 허영호 · 도용복

〈심리, 명상〉

오은영 · 차동엽 · 곽금주 · 정용화 · 정관용 · 강신주 · 윤태현 · 타라브랙 · 지눌 · 김창옥 · 최진석 · 최성애 · 정혜신 · 권혜경 · 이명찬 · 소천 · 이영임 · 다르마 · 마크트웨인 · 황수관 · 변경삼 · 박광태 · 장기려 · 오동춘 · 정연복 · 에드가게스트 · 윤대현 · 김용옥 · 김형석 · 빅 존슨 · 시모주 아키코 · 김지윤 · 정재환 · 김환태 · 박희준 · 바이런 외 · 주민관 · 김광식 · 박지민 · 이상헌 · 조성엽 · 박치근 · 박은하 · 이해인 · 용해원 · 이경규 · 조미하 · 황수경 · 임계환 · 홍순철 · 강소연 · 혜민 스님 · 허태균 · 김병학 · 김병수 · 이시형 · 김양수 · 심미숙 · 이인천(제공) · 김수철 · 정목 스님 · 양석옥(제공) · 루이스 · 데이비드 그리피스

〈예술을 만나다(음악, 미술, 건축, 사진 외)〉

정복수 · 김복수 · 한문경 · 김인옥 · 김강용 · 성시현 · 김기택 · 구자현 · 박지혜 ·

김양수 · 김대희 · 쓰촨성 · 소동파 · 이태백 · 두보 · 김중현 · 박창수 · 송승환 ·
신영옥 · 이중섭 · 박경빈 · 황순원 · 박상현 · 이재상 · 김억배재철 · 조정현 ·
김예나 · 안윤모 · 박규희 · 서동윤 · 조영락 · 김한사 · 유진규 · 박명성 · 송광창 ·
신미식 · 조기주 · 유태평양 · 김천기 · 남현주 · 김사라 · 김주현 · 정신혜 · 이이남 ·
양상훈 · 신지아 · 로기수 · 신상호 · 홍성훈 · 강신영 · 임현정 · 황수로 · 배동환 ·
정상희 · 이경호 · 강영호 · 루이스초이 · 김중훈 · 문지예 · 윤석남 · 민영치 ·
이강소 · 홍혜경 · 지드래곤 · 이수미 · 이상희 · 자비로자니 · 강호 · 조수미 ·
강수진 · 윤탁원 · 박지혜 · 금난새 · 이인화 · 범대순 · 이은아 · 길버트 · 장석원 ·
장한나 · 이은걸 · 곽원주 · 박인배 · 김철군 · 조성진 · 서현 · 문훈 · 오영욱 ·
한필원 · 승효상 · 김수근 · 조수용 · 정기용 · 조성룡 · 오대호 · 안재복 · 하재봉 ·
하영은 · 성낙인 · 이영주 · 박서원 · 김아라 · 강우영 · 장국현 · 안승일 · 안성식 ·
노순택 · 백옥인 · 울산 시각장애인 · 김은기 · 육명심 · 임옥상 · 최현호 · 최북 ·
이소정 · 곽상문 · 최장원 · 박천강 · 권경민 · 김창근 · 김쾌민 · 성민제 · 이순원 ·
김미월 · 정충일 · 김매자 · 남경엽 · 한태상 · 손열음 · 박재동 · 프리카 칼슨 ·
다이에나 · 육근병 · 나윤선 · 구본창 · 박진 · 최진이 · 케이윌 · 유상무 · 문현무 ·
송창근 · 장재일 · 양태근 · 박성희 · 박항률 · 김해숙 · 주기명 · 천경자 · 김중만 ·
정승호 · 윤호진 · 성동훈 · 황주리 · 차기울 · 손숙 · 권오상 · 이병우 · 김미경 ·
김충식 · 홍신자 · 장상철 · 바르너4세 · 박문열 · 박영배 · 손대현 · 김동원 ·
고상지 · 강승애 · 한순서 · 이주희 · 이이언 · 은희경 · 양규순 · 이춘희 · 황종례 ·
김효영 · 최광선 · 이영희 · 김레형 · 김양수 · 김대희 · 김인희 · 이정은 · 박해미 ·
한희원 · 오지호 · 김민 · 임종수 · 김호산 · 장진 · 양현숙 · 김용철 · 윤혜진 ·
김정기 · 김금화 · 김옥현 · 김영재 · 이삼평 · 김용우 · 조공래 · 김완순 · 한대수 ·
임주상 · 류재준 · 박귀섭 · 이서연 · 류승호 · 김경주 · 안성진 · 김창일 · 전인권 ·
김구림 · 홍경택 · 김보미 · 박민섭 · 윤석남 · 정대석 · 배동환 · 주미강 · 김하은 ·
박영숙 · 오치균 · 정영복 · 손남묵 · 조덕현 · 이정재 · 이재효 · 박상우 · 윤석창 ·
김중만 · 한상봉 · 박인현 · 기국서 · 심성락 · 한호 · 김종권 · 김경아 · 정경 ·
유진경 · 유정혜 · 박환 · 홍지민 · 백일섭 · 유현미

〈오늘 만나다 미래를…〉
김정운 · 빌게이츠 · 스티브잡스 · 데니스홍 · 배상민 · 신범 · 손하나 · 박강민 ·

김혜선 · 박종호 · 앤드류서먼 · 토마스프레이 · 김대식 · 배철현 · 고산 · 유주환 ·
황현산 · 김태유 · 김준태 · 홍유석? · 김주빈 · 정유신 · 장진 · 콧크레이 · 정지훈 ·
원한석 · 최재천 · 허태균 · 김난도 · 조광수 · 장수철 · 최종순 · 찰스다윈 · 이동형 ·
염재호 · 정병탁 · 예니 · 리즈 · 요안 · 박은하 · 이홍렬 · 김인춘 · 윤종록 · 이민화 ·
김학준 · 한상기 · 이정동 · 최재봉 · 정재순 · 하우스턴 · 박원주 · 최윤희 · 존리 ·
권영찬 · 박성준

〈인문학(사람과 글월)〉

박제균 · 김형경 · 임성모 · 정용진 · 브라이언드레이서 · 김진욱 · 장경희 ·
이케다 다이스쿠 · 프호드 로펠 · 고은 · 소천 · 산신령(블로거) · 정지환 ·
사무엘존슨 · 구정은 · 박노해 · 리처드 칼슨 · 워렌버핏 · 김득신 · 백운경 · 몽테뉴 ·
세무엘 울만 · 김민서 · DJ · 이시형 · 나경택 · 김상복 · 브로거 · 메슈켈리 ·
최진석 · 이태수 · 박병률 · 셰익스피어 · 정약용 · 김종락 · 김철규 · 송미옥 ·
박승주 · 조길현 · 김태욱 · 전미옥 · 법정 · 찰스 스펄전 · 정희진 · 한만근 ·
송성우 · 박혜란 · 방정환 · 강창래 · 샤론 · 이주희 · 설동훈 · 최민기 · 김태원 ·
스콧 니어링 · 정이숙 · 미즈노 마사유키 · 유발 하라리 · 김병희

〈가톨릭〉

바오로2세 · 프란치스코 · 스카노네 · 사비오 · 문한림 · 한상봉 · 오창익 · 신승환 ·
윤창현 · 이주향 · 김수환 · 염수경 · 정진석 · 유홍식 · 이해인 · 유의배 · 야고보 ·
정용실 · 차동엽 · 김계춘 · 정어 스님 · 이세현 · 루즈벨트 · 마더테레샤 · 김희중 ·
김길자 · 강칼라 · 김하중 · 이인주 · 강우일

〈한국 한국인, SBS TV HIM 외〉

남민우 · 정희선 · 유영찬 · 박진영 · 김청자 · 임권택 · 김기덕 · 이민재 · 윤기 ·
(고)황병기 · 한말숙 · 이에리사 · 김희수 · 유중근 · 김한민 · 김진선 · 노경조 ·
이현세 · 조수철 · 이세기 · 황연대 · 이길여 · 정경화 · 송상현 · 최정화 · 서교일 ·
정진용 · 한미영 · 김동호 · 전성우 · 김석철 · 김성일 · 강일구 · 강석구 · 김평일 ·
김용기 · 김선태 · 헬렌켈러 · 조광래 · 김성환 · 문훈숙 · 정갑영 · 최현미 · 지영석 ·
이어령 · 윤태호 · 이수덕 · 이정만 · 최진영 · 신동식 · 김유택 · 김종규 · 성낙인 ·

김인권 · 이국종 · 조한혜정 · 조정래 · 윤구병 · 황기철 · 이종찬 · 강신옥 · 장하진 ·
윤방부 · 백기완 · 유인태 · 문희상 · 최열 · 김진표 · 윤태희

〈황금 강의〉

박경철 · 박범신 · 노동일 · 조녀선하이트 · 임향자 · 이민화 · 김현우 · 서태지
포리토웹 · 이시형 · 이어령 · 이승건 · 정대영 · 윤은기 · 이내희 · 김병두 · 전미옥 ·
스티브잡스 · 아루터마유미 · 김진미 · 강우현 · 테레샤 · 월슨 · 네로이하이 ·
이병철 · 닉슨 · 서진규 · 구영희 · 장진영 · 김미경 · 김기범 · 유재석 · N.브레챠크 ·
손정의 · 빌게이츠 · 염정순 · 윤규현 · 서은국 · WG 드워킨 · 페테비에리 ·
요시미다 이시키 · 마이클 포크 · 홍순철 · (고)라병관 · 하태균 · 박광수 · 박상준 ·
니체 · 헨리데이비드 · WALDEN · 토니쥬르 · 김래란 · 황용주 · 박이문 · 한강 ·
마이크렌달 · 김선욱 · 최재천 · 퀴불러로스와 · 그랙맥커문 · 이케다다이시쿠 ·
이수성 · 박홍규 · 마리윌리암스 · 스티븐기즈 · 최광현 · 박노자 · 김준만 ·
김민환 · 담징스님 · 박용호 · 손한규 · 조시천 · 유시민 · 박종훈 · 최종천 ·
심영섭 · 김용옥 · 탁재택 · 김남주 · 한성완 · 이병태 · 정철진 · 가니오드락 ·
최윤식 · 전성철 · 전병수 · 오정우 · 최원식(맥켄지) · 이종덕(?) · 박수용 ·
미 주립대: 최원식 · 김종오 · 송경모 · P. 드렁크 · 슈탈 · 김남민 · 김주성 ·
유호상 · 김형원 · 김진영 · T. 레이 · 백두건 · 김영전 · 김현식

〈CEO 좌우명 및 역대 대통령〉

임상옥 외 · CEO 좌우명 · 이승만 · 윤보선 · 박정희 · 최규하 · 전두환 · 노태우 ·
김영삼 · 김대중 · 노무현 · 이명박 · 박근혜 · 최진 · 정주영 · 이병철 · 이순신 ·
오바마 · 사마광 · A.G LAFLEY · GENTNER · SCHULTE · T. 모나간 · 슈미트 ·
고노스케 · T. 투너 · 토마시 브라드먼 · 럼즈필드 · 이암 · 신세균 · 에머슨 · 윤태영

〈해외 명언〉

처칠 · 톨스토이 · 빈 월 · 칼야스퍼스 · R. 에리올 · 프랑크크 · 링컨 · R. 슬러 ·
존슨, 미17 · 헤르만헤세 · 파스칼 · 오스카와일드 · 괴테 · 하차으호이 · 제퍼슨 ·
오드리헵번 · 에디켄티 · 맥사인누녈 · 에디슨 · 피카소 · 키에르케골 · 만델라 ·
키케로 · 쇼펜하우어 · 생트뵈브 · 헬렌 켈러 · 아인슈타인 · 록펠러 · 간디 ·

소구마에이지 · 시진핑 · 스탕달 · 카네기 · 스티브 잡스 · J 페트릭 · 임어당 ·
필립체스타 · 릴케 · 공자 · 안드렌그린 · 앙드레 지드 · 하이네 · 웰 콕스 · 귀곡자 ·
W. 프라이 · 제임스 · 몽테뉴 · 호라티우스 · 멜빈 · 나폴레옹 · 죠지산타야니 ·
롱펠로 · 라파엘 · 브람스 · 그레이버 · 윌리암워드 · 만델라 · 셰익스피어 · 채근담 ·
소크라테스 · 저커버그 · 워렌버핏 · 리카싱 · 아인슈타인 · 버니센더 · 수지 여사 ·
푸틴 · 죠지 맥도날드 · 징기스칸 · 생텍쥐페리 · 토마스캠피스 · T.무어 · 이참(독) ·
모건 · 벤자민 프랭크린 · 플루타르크 · 조지허버트 · R.에머슨 · 페스트라이쉬(이만열) ·
에드몬드 힐러리 · 맥스웰 · 클린턴 · 오바마 · 트럼프(부인) · 존외너 메이커 ·
알빈 한손(호주) · 바다니시바(인) · 에미코(일) · 노먼 빈센트빌 · 위징 · 스케일 ·
로뎅 · 마린행어

〈KBS 강연 백도 씨〉

김용택 · 신계륜 · 서주향 · 오용석 · 제주해녀 · 박애리 · 김의일 · 정명옥 · 백종선 ·
최선자 · 김기선 · 조군운 · 송혜정 · 안미정 · 박근철 · 시각장애인 · 김용용 ·
최규일 · 이승표 · 전영근 · 김재만 · 황병만 · 황규철 · 신상옥 · 에이미얼린스 ·
송언주 · 전자기술자 · 이지영 · 하태구 · 최윤호 · 고도원 · 강진석 · 정서호 ·
최준석 · 최정봉 · 홍순재 · 하춘화 · 김희선 · 김태원 · 가애란 · 임은탁 · 정동극 ·
김보라 · 탁현진 · 전상진 · 김민영 · 송종빈 · 송기환 · 이경수 · 차재원 · 송영신 ·
주재준 · 김태현 · 김덕수 · 김재식 · 호응 · 문광기 · 맹주공 · 서경덕 · 조정래(영화) ·
최현석 · 황교익 · 박인 · 박현근 · 권지웅 · 한귀은 · 어느 비행기기장 · 스티븐호킹 ·
최 혜 · 장재영 · 김선건 · 이소영 · 박종진 · 오세영 · 박 진 · 최진이 · 문현우 ·
박상기 · 주덕형 · 소공민 · 백진성 · 박용오 · 고광애 · 이영석 · 송유근 · 김수남 ·
김은해 · 황연호 · 남현준 · 하지현 · 김연주 · 백다은 · 켄트 김 · 이한주 · 허형석 ·
김주윤 · 주영섭 · 송길영 · 박철상 · 서광석 · 전원근 · 박혜란 · 윤혜령 · 서은숙 ·
김형석 · 도영선 · 김화수 · 홍예지 · 김승환 · 민병학 · 김순임 · 최재원 · 김미자 ·
이금자 · 이성천 · 김형철 · 임순철 · 박병용 · 허현아 · 김웅수 · 김민주 · 김수영 ·
이은숙 · 권영애 · 황교진 · 심보준 · 신상채 · 이슬기 · 곽택환 · 임재영 · 권호진 ·
강영애 · 황영택 · 윤승철 · 유다빈 · 연제경 · 송재필 · 원경스님 · 이혜민 · 정형우 ·
오홍석 · 조오연 · 박상영 · 박주선 · 최영민 · 조경곤 · 박영학 · 이종암 · 김형준 ·
이순옥 · 전제덕 · 조용필 · 혼지완/베트남 · 전병건 · 김종석 · 유재준 · 이수련 ·

정원복 · 윤현주 · 강연 100도씨 외 이상용

〈OH MY GOD〉

인명진 · 홍창진 · 법 현 · 고성국 · 김소정 · 월 호 · 일 진 · 안지성 · 이현숙 ·
서산대사 · 성정모 · 김정하 · 김삼환 · 한상렬 · 김기석 · 정진석 · 법 전 · 진 재 ·
지 관 · 혜 초 · 김지철 · 도 용 · 증업(대만) · 샤오쫑하이 · 성진 · 묘장 스님 ·
권오상 · 배현승 · 진 명 · 법타 스님 · 세네카 · 김정록 · 김동철 · 안혜권 · 김근수

〈ME & ETC(세월호 관련 詩 외)〉

오미연 · 박경은 · 함민복 · 김명자 · 인요한 · 채성호 · 김장훈 · 이해인 · 문정희 ·
인 산 · 박현선 · 김익한 · 김민아 · 조재구 · 정범구 모 · 이규창 · 백기인 · 장희정 ·
천정배 · 임의진 · W. 볼튼 · 조길현 · 셀리나 · 천년길벗 · 석관정 · 용해원 ·
장 파울 · 정연후 · 유 영 · 조정래 · 김탁환 · 김연경 · 추사 김정희 · 손재형 ·
후지쓰카 · 이인두(제공) · 하이니 · 파레토 · 김영환 · 원석현 · 변상태 · 정태춘 ·
헤노웨스 · 권산외 · 김광석 · 김창기 · 강신주 · 정 진 · 강남순 · 아렌트 ·
사카토 켄지 · 혜민 스님 · 김관홍 · 김 훈 · 정호승 · 박현화 · 김제동 · 이은미 ·
김정환 · 이명희 · 전외숙 · 이명수 · 정혜신 · 명 진 · 송경동
GT : 2018인

〈기록의 날〉

1. 2013년 5월 : 글, 어록, 강연, 토크 기록 시작

2. 2015년 8월 15일 : 모음쪽수 1000쪽, 어록인물 1331명

3. 2015년 11월 21일 : 모음쪽수 1200쪽, 어록인물 1500명

4. 2016년 4월 22일 : 모음쪽수 1500쪽, 어록인물 1700명

5. 2016년 10월 27일 : 모음쪽수 1788쪽, 어록인물 1900명

6. 2017년 11월 1일 : 모음쪽수 2345쪽, 어록인물 2018명

※ 2017년 11월 1일 평창 동계올림픽 100일 앞두고 마감.

세대공감 희망시리즈 ❷

2018ㅅ
글 어록 강연토크 集

초판인쇄 · 2019년 7월 15일
초판발행 · 2019년 7월 22일

모은이 | 朴柄昶
펴낸이 | 서영애
펴낸곳 | 대양미디어

출판등록 2004년 11월 제 2-4058호
04559 서울시 중구 퇴계로45길 22-6(일호빌딩) 602호
전화 | (02)2276-0078
팩스 | (02)2267-7888

ISBN 979-11-6072-049-5 04800
　　　979-11-6072-023-5(세트)

값 12,000원

이 도서의 국립중앙도서관 출판예정도서목록(CIP)은 서지정보유통지원시스템 홈페이지
(http://seoji.nl.go.kr)와 국가자료공동목록시스템(http://www.nl.go.kr/kolisnet)에서
이용하실 수 있습니다.(CIP제어번호 : CIP2019026423)